吴树福
李冬云 著

岁月和鸣

线装書局

图书在版编目(CIP)数据

岁月和鸣 / 吴树福，李冬云著. -- 北京 ：线装书局，2021.4
　ISBN 978-7-5120-4450-0

Ⅰ．①岁… Ⅱ．①吴… ②李… Ⅲ．①中国文学—当代文学—作品综合集 Ⅳ．①I217.1

中国版本图书馆 CIP 数据核字(2021)第 057435 号

岁月和鸣
SUIYUE HEMING

作　　者	吴树福 李冬云
责任编辑	林　菲
出版发行	线装书局
地　　址	北京市丰台区方庄日月天地大厦B座17层(100078)
电　　话	010-58077126(发行部) 010-58076938(总编室)
网　　址	www.zgxzsj.com
经　　销	新华书店
印　　制	潍坊新天地印务有限公司
开　　本	710mm×1000mm　1/16
印　　张	16.5
字　　数	200千字
版　　次	2021年4月第1版第1次印刷
印　　数	001-500册
定　　价	53.00元

目 录

序言：用精神的五线谱弹奏精彩 …………………… 杨新润 /1

第一编　亲情殷殷

沐浴着家风成长 ………………………………………… 3
父亲是我一生的榜样 …………………………………… 7
母亲的节日 ……………………………………………… 9
父母的外事情缘 ………………………………………… 12
常回家和爸说说话 ……………………………………… 15
难忘的压岁钱 …………………………………………… 16
酸甜苦辣话过年 ………………………………………… 18
我的家　你的家 ………………………………………… 21
发长发短皆有情 ………………………………………… 23
您走得太久　去得太远 ………………………………… 26
大叔教诲永记心中 ……………………………………… 29
解放鞋 …………………………………………………… 34
丰收烟 …………………………………………………… 36
汶河,我的母亲河 ……………………………………… 37
人间正道是沧桑 ………………………………………… 39
金秋倩影 ………………………………………………… 41
野菜味香情更长 ………………………………………… 43
跟孙子学知识的快乐 …………………………………… 45

1

第二编 慨悟沉沉

- 追踪龙迹 …………………………………… 51
- 酒饭局刍议 ………………………………… 54
- 看下象棋遐想 ……………………………… 61
- 帽子面面观 ………………………………… 64
- 世间万事皆有缘 …………………………… 66
- 春的消息 …………………………………… 68
- 下雪的日子真好 …………………………… 70
- 感悟不惑 …………………………………… 72
- 卖花女择婿 ………………………………… 75
- 军旅匆匆情亦浓 …………………………… 78
- 永远闪亮的金星 …………………………… 82
- 我和战友微信群 …………………………… 86
- 快乐的和大爷 ……………………………… 89
- 刘局长的生日 ……………………………… 95

第三编 人生悠悠

- 谁能第一个吃螃蟹 ………………………… 103
- 热血男儿知难上 …………………………… 105
- 亲情浓浓壮我远行 ………………………… 107
- 三千里外创业路 …………………………… 108
- 敢在荒山扎营寨 …………………………… 109
- 洱海月映不夜天 …………………………… 111
- 开业盛况喜人 ……………………………… 112
- 奋力坚守艳阳天 …………………………… 114
- 吃水不忘打井人 …………………………… 117
- 夜深星阑遇獐鹿 …………………………… 119

景区来了个小蟊贼 …………………………………… 121
做客大理人家 ……………………………………… 123
大理处处好风光 …………………………………… 125
赶千年的"三月街" ………………………………… 130
别样的白族礼仪 …………………………………… 133
离别的祝福 ………………………………………… 134

第四编 童趣历历

童心童趣好 ………………………………………… 139
童年玩趣之一 放牛 ……………………………… 142
童年玩趣之二 看露天电影 ……………………… 144
童年玩趣之三 打瓦 ……………………………… 146
童年玩趣之四 拉钩 ……………………………… 148
童年玩趣之五 挤狗屎 …………………………… 149
童年玩趣之六 下五棍 …………………………… 150
童年玩趣之七 打宝 ……………………………… 151
童年玩趣之八 打水仗 …………………………… 152
童年玩趣之九 过家家 …………………………… 153
童年玩趣之十 游泳 ……………………………… 154
童年玩趣之十一 粘知了 ………………………… 155
童年玩趣之十二 拉大锯 ………………………… 157
童年玩趣之十三 老鹰捉小鸡 …………………… 158
童年玩趣之十四 弹果核 ………………………… 159
童年玩趣之十五 放风筝 ………………………… 160
童年玩趣之十六 杠腿 …………………………… 162
童年玩趣之十七 占山王 ………………………… 163
童年玩趣之十八 滑冰 …………………………… 164

3

童年玩趣之十九 打茧 …………………………………… 165

童年玩趣之二十 打陀螺 ………………………………… 166

童年玩趣之二十一 抠知了龟 …………………………… 167

童年玩趣之二十二 摔泥砲 ……………………………… 168

童年玩趣之二十三 跳方 ………………………………… 169

童年玩趣之二十四 跳绳 ………………………………… 170

童年玩趣之二十五 捉迷藏 ……………………………… 171

童年玩趣之二十六 踢毽子 ……………………………… 172

童年玩趣之二十七 打悠千 ……………………………… 173

童年玩趣之二十八 丢手绢 ……………………………… 175

童年玩趣之二十九 摸瞎糊 ……………………………… 176

童年玩趣之三十 捡知了龟皮 …………………………… 177

童年玩趣之三十一 石头剪刀布 ………………………… 178

童年玩趣之三十二 弹弓 ………………………………… 179

童年玩趣之三十三 滚铁环 ……………………………… 180

第五编 歌韵绵绵

东海阅兵 …………………………………………………… 183

奋发争朝夕 ………………………………………………… 184

五四感怀 …………………………………………………… 185

元旦感怀 …………………………………………………… 186

滇缅边陲游掠影 …………………………………………… 187

重阳抒怀 …………………………………………………… 189

江城子·逛新城 …………………………………………… 190

莲 …………………………………………………………… 191

蝉 …………………………………………………………… 192

天净沙·垂钓 ……………………………………………… 193

问月亮	194
劝老友	195
谒拜塔尔寺	196
牛年吟	197
己亥元宵感怀	198
七律·惊蛰	199
七律·醉春	200
七古·春日抒怀	201
闲居感叹	202
七古·夏日春城	203
鹊桥仙·七夕	204
江城子·云南行	205
七律·甘南行	206
西宁行	207
游贵德黄河	208
兰州今夕感	209
庚子年春随笔	211
清平乐·战冠妖	212
惊雷催雨润万生	213
江城子·八一感怀	214
庚子年国庆中秋感怀	215
归来吧,浪迹的游子	216
七律·同窗风采	220
盼相聚	221
读徐贵生同学《自勉》感言	222
读徐贵生同学《早立秋》感言	223
秋日荷塘	224

观刘化敏同学养花有感 …………………………… 226
和秦金安《雪花》 ……………………………………… 227
读杨德山同学《岁末自嘲》感言 …………………… 229
答战友丁洪金 ………………………………………… 230
读战友夫妇自驾游感怀 ……………………………… 231
知己心随方真情 ……………………………………… 232

第六编　艺海深深

书 法 作 品 …………………………………………… 235
　缘(篆书) …………………………………………… 235
　春华秋实(楷书) …………………………………… 236
　紫气东来(篆书) …………………………………… 236
　百福图(篆书) ……………………………………… 237
篆 刻 作 品 …………………………………………… 238
　"好日子"等(十五方) ……………………………… 238
　吉祥(印组合) ……………………………………… 242
　十二生肖篆刻 ……………………………………… 243
　篆刻艺术中的十二生肖 …………………………… 246

后记 …………………………………………………… 249

用精神的五线谱弹奏精彩

杨新润

向来,我喜欢与真诚朴实性格沉静的朋友倾心攀谈,倾情于友人的赤诚相待和素静教诲,专注于友人的丰厚学识和敏捷思辨,不论岁时更替,不关万山阻隔。在通信手段异常迅捷的今天,与远居东海之滨的吴树福先生遥呼交流,我常常会真切地进入这种温馨的境地。

向来,我喜欢捧读优美的诗文和书画作品,欣赏诗文佳章的意境哲思和深情温婉,陶醉书画艺术的婉约华美和探索创新,不论中外古今,不关篇幅短长。在现代传媒异常发达的时下,品读吴树福夫妇刚刚"出炉"且文采飞扬的散文、诗歌,以及郁屈瑰丽的书法、篆刻和摄影新作,我常常有一种别样的收获,进而生发出无尽的联想和感慨。

一

吴树福先生是我的战友和大学同学。从1970年以来的40多年里,他担任过部队基层单位和地方部门的领导,"下海"闯荡从事旅游工作,转换过许多岗位,活跃在许多舞台,诸多国家和国内许多省区都留有他的脚印。多年间,我俩天各一方,见面的次数并不多,但凡见面或运用电讯手段攀谈,总使我感到:与一脸佛相的好友交心,有一种如沐春风的轻松和欣喜;与满目阳光的挚友交流,更有道不尽的话题和数不清的收益。

吴先生性情文静平和,既有军人果敢的气质,又有山东汉子的豪爽,从来都是笑容可掬一脸乐呵,给人以平静安详的踏实感。攀谈中,他常常不紧不慢地阐释心底蕴含的家国情怀和人生感悟,缄默自然地表达对军旅生涯的无尽感慨,还有悠悠绵长的亲情、乡情、友情和爱情。吴先生的爱人李冬云,从事教学工作多年,以优异的成绩被评为省级优秀教师、全国新长征突击手,在市招生委负责人任上却陪同丈夫"下海"闯荡。忙碌事业之余,他俩以优美的文字将这些丰富的过往倾泻于笔端,用不同的形式呈现给读者。收进这部文集中的作品,就是吴先生夫妇勤奋挥毫携手落墨的部分篇章。文集雅署《岁月和鸣》,真如唐代元稹《雉媒》诗意:"和鸣忽相召,鼓翅遥相瞩。"鸾凤和鸣,令人羡慕啊!

作品集的文稿篇幅都不长,一袋烟工夫就能读完一两篇。《父母的外事情缘》《常回家和爸说说话》《酸甜苦辣话过年》《大叔教诲永记心中》等篇目,将刻在年轮里的亲情、乡情和乡音尽情绽放,散发着浓浓的乡愁,让读者在赏析的同时,能够提振信念、省察灵魂、慰藉心灵、激发热爱生活的向往。

散文《母亲的节日》描摹母亲为全家十几口人"备年货"的情景,不由得让我回想起物资匮乏年代的艰苦奋斗。母亲"要烙上一大摞煎饼,准备好十几天的干粮。一次几十斤粮食,提前三天就要把需要的三、四种粮食加工浸泡。母亲总是一个人抱着石磨棍,一磨就是半夜"。"我记不清母亲睡觉的样子,却永远忘不了她看到我们吃着可口饭菜,穿着整洁的衣装欢天喜地地过节时,那脸上幸福的笑容。"娘心,潜沉在忙碌的操劳里,闲不住,却很快乐——这就是母爱,异常厚重无言无怨真真切切,令我敬佩且泪目长长!禅味十足的散文《世间万事皆有缘》,启迪人们跳出"缘分由天注定"的佛理,主动把握跌宕起伏的人生,秉持积极向上乐观进取的态度,与投缘者安然而至随缘而适温馨守候,进而知缘识缘惜缘,与心心相印者遥望牵挂相互珍重携手并进。

抒发对军旅生涯无尽感慨的散文《军旅匆匆情亦浓》,以"第十三座坟墓""七颗受损的子弹"和"那一杯喜酒"三个小故事,耸起一组朴实无华坚定勇敢的军人形象,倾情诠释了"战友"这个光荣称号的平凡和伟大。

打瓦、打宝、摔泥砲、拉大锯、占山王、抠知了龟等等陈年旧趣,沉睡在岁月深处已有多时,如今的人们大多已经淡忘。吴先生夫妇捡起"童年玩趣"的系列"画卷"30多幅,将原始简陋的玩具或玩法有模有样地奉献给大众,既让读者在悦赏品评时增长见识,也给满带泥土清香的"山花"赋予新的生气。拜读这些从久远年代打捞上来的童真,我这个老读者似乎听到了顽童嬉闹的呼喊、老妈亲切的叮嘱、亲邻乐呵的笑语和屋燕一声声的啼叫,那么可亲可近,那么乡情满满。

"天高地阔齐努力,两年同窗念一生。"(《重阳抒怀》)"吾辈喜逢国盛世,焕发青春胆气豪。"(读徐贵生同学《自勉》感言)

"往昔同窗共读声,酷似勤劳小蜜蜂;春华秋实恰正好,硕果累累五谷丰。"(《七律·同窗风采》)抒发同学情深的诗句短小精悍,却满含着浓烈厚实的情谊,其中的快乐、幸福、期冀和欢欣溢于言表,让人过目难忘。

吴先生是一位热爱生活、兴趣广泛的乐天派。他坚持不懈地倾心于读书写作,还十分钟爱篆刻和书法艺术。在他眼中,讲究诗情画意的诗歌、书法和国画艺术,连同以刀代笔的篆刻艺术,都是中华传统艺术领域相互渗透互相补益的"兄弟姐妹",只要通才硕学就能融会贯通,进而达到一定的境界。他创作的篆刻作品,在方寸之间从容安置万千气象,布局大气,笔意苍劲,刀法光洁中略带凝涩,取工整与奔放、平方与圆浑的韵味,很有个性色彩。

基于对篆刻艺术的执着,吴先生研习书法完全是一种艺术情感的有机宣泄。几十年间,他用大量时间读帖临帖,致力于秦篆汉隶,力求雄浑酣畅,刚柔相济。从文集展示的书作就能看出,其书法作品就像他平和简静的性情,端庄典雅,道丽天成,厚重而不板滞,流动而不轻浮,既张扬着他对书法国粹厚重悠久传统的敬畏,又给人一种清奇厚朴的审美愉悦和艺术享受。

二

捧读文集中文采飞扬的诗文,拜赏用激情蒸煮过的篆刻、书法和摄影作品,我常思忖:人的精力和时间都很有限,能在一两个艺术领域硕果累累已属不易,能将事业搞得风生水起、又在多个领域收获满满,自然要比常人付出更多的劳动。而吴先生夫妇的精力和时间似乎用不完,总是一派气定神闲的淡定,其中有什么密钥?

揣着这个问号,我有意识地与吴先生倾心攀谈,再细嚼慢咽其话语醇香的后味,猛然发现,他俩收获满满的密钥竟然十分独特:不满足于平淡!

同"50后"这一层人的基本履历一样,吴先生夫妇目睹过祖国繁荣昌盛的艰难历程,触摸过改革开放的辉煌印迹,见证了日新月异的民富国强。在经受多种磨炼的一路跋涉中,他俩积攒了许多人生感叹,梦想的行囊装满了万般色彩。在体验社会变革的潮起潮落中,他们走出了浮躁和浅薄,走进了沉稳和平静;难以褪色的记忆和印满时代胎记的思索,促使他俩把"人生感叹"转化成"温馨阳光",每个行进的脚窝都灌满了奋发向上。

就像涉足多种艺术领域一样,吴先生夫妇的"不满足于平淡",都经历过一个从"大胆尝试、旁人不理解、自己不适应"到"绝不泄气、努力拼搏、走出困境、收获硕果"的艰辛磨砺。许多次岗位调整和角色转换,也使他们读懂了天道酬勤、地道酬德、人道酬诚的深刻含意。数十载人生历练,漫游多国的旅行,使他俩的视野更为开阔、思绪更为沉稳、文思更加雄宏。正是对人生感叹的领悟、不停地思虑和不断的追逐潮流,他们描绘熟悉的人物才有感情,描摹熟悉的事情才有深情,描述熟悉的场景才有激情,篆刻、摄影的风韵才意象典丽,高峻淳古。曾经,我请吴先生刻一方"贺兰山岩画"的随形章,他慎琢细磨,三易其稿,还征询方家意见,才小心翼翼地启刀着墨,真有一种"阿婆还是初筓女,头未梳成不许看"(清·袁枚《遣兴》)的耐力。

回眸吴先生夫妇"不满足于平淡"的人生路径,也真应验了国防大学金一南教授的一段话:平淡产生极大的惰性,也最杀灭人的志向。满足于平淡就满足于平庸,习惯于平淡就习惯于平庸。想有作为就必须尽力克服平淡,敢作敢为,敢做自己没有做过的事,敢于冲出平淡的重围,敢于舍弃轻车熟路,敢于打破自我形成的固定节律,敢于把自己逼上墙角。只有这样,才能把自己从习惯和环境营造的惰性中解脱出来。

"人的差别在于业余时间。"吴先生夫妇勤奋前行、鸾凤和鸣的路径,仿佛专为这句励志名言做了响亮的注脚。

源于对"不甘平淡"的深刻理解,吴先生夫妇才在业余时间多头并进研习艺术,文字的千军万马一经他们调动,才激荡起豁达宽厚的精神情怀,千变万化的篆刻、书法和摄影艺术,才能安放他俩安详平静的思想境界,也才会发出与众不同的感叹:"时不我待!想把一件事情做到极致,就要贵有恒!"

于是,透过他俩流泻的"不甘平淡"的笔墨,我清晰地听懂了一曲平和平静却不平庸的琴瑟和鸣。尽管急剧转变的时代翻腾着各种思潮,可是,灰色的思想以及抱怨、悔恨、愧疚、忧伤、遗憾等等消极情绪,不会影响吴先生夫妇的心态。正是这种不甘平淡的探索前行,即使他俩收获了享受快乐喜悦的人生哲理,又使他们的思想站在了布满阳光的精神高地。

如今,我和吴先生夫妇都已步入人生暮秋,尘事纷繁之后的丰富生活,让我们收藏了一份无言的微笑,行进脚步里增添了许多天伦之乐的奏鸣;似乎,夕阳晚照不再需要更多刻意的执着。

然而,我本能地感到,有勤勉善思和坚毅伴行,人生晚霞里,吴先生夫妇会将精神的五线谱弹奏得更加精彩,会让有限的生命灿若飞花,如沐星光,一路缤纷!因为,以他俩行进的惯性,绝不会驻足平淡,更不想辜负这个奋进的时代!

2020.11.15 于银川

(作者系中国散文学会会员,宁夏回族自治区人民政府外事办公室副巡视员,宁夏文史研究馆研究员,扶风县诗词楹联学会顾问,出版《老父的家园》《炊烟的香味》《乡愁的模样》《宁夏概览》《宁夏对外交流》等书籍。)

第一编
亲情殷殷

"问世间，情为何物？直教生死相许。"亲情、爱情、战友情、同学情、朋友情，无处不在，无时不有。说情谊宝贵，却无法用价值衡量；说情深意重，却无法形容短长。情是"慈母的手中线"，情是柴米油盐酱醋的五味杂陈，情是锅碗瓢盆交响曲，情是生命的心灵之约！

——题记

沐浴着家风成长

家风,也就是人们常说的门风。是一个家庭或家族世代传承的道德模具。一代代人的生息繁衍,既是血脉的延续,又是家风的传承。在这一漫长的过程中,逐步形成了较为稳定的生活作风,生活习惯,道德规范和为人处世之道。

回望历史,中华民族从古到今,历来十分重视门第家风的教育。封建社会讲求耕读为本,诗礼传家。不论是《颜氏家训》《傅雷家书》这样普通人家的行为劝勉,还是《曾国藩家书》、诸葛亮的《出师表》《诫子书》这样高官显贵的家风养成,甚至唐太宗的《帝苑》圣训,无不蕴藏了款款的深情,浓浓的爱意,殷切的期盼,读来令人感怀至深至切。

新时代也无不例外地倡导明礼、孝亲、诚信、勤俭。国有国法,家有家风,国家这个大家是无数个小家的共同体。这个大家的家风是独立民主、勤劳勇敢、富强繁荣、自由平等、团结和谐、遵纪守法。好的家风是一个国家民族和家庭兴旺发达、昌盛富裕的发展基础,是赢得社会赞誉,经得起历史见证的根本。

家庭是国家社会最小的单位,最基本的组织细胞,深受中国传统儒家思想观念的影响,格外注重个人的品格养成和家庭形象塑造。从修身齐家到为国尽忠效力,由此开启慢长的人生之旅。

家风对一个家庭,一个家族而言意义深远,它决定着家庭成员的习惯养成,生活秉性,行为规范,传袭走向。它离不开道德教化与品行修炼,而其家风主流思想必然是一家之长,行为主体是子女后人。家风是家长在传承前辈家风观念的基础上,为后代画出来的一个亲情、道德之圈。因此从家长、祖辈的角度谈家风,可窥视到家长在家风里蕴藏的责任感、期望值、慈爱心。

在现实生活中,每个家庭成员,尤其是父母前辈的言行举止,无不是在潜移默化的相互作用着,是家风的忠实践行者。家风的传承,不仅靠训诂等口头言传,更主要的是身体力行,耳提面命。我的父母那忠孝勤俭、宽厚仁慈、乐善好施的言行,就像和煦的家风沐浴着一代代后人。

父亲没有文化,但他却很会讲《三国志》《水浒传》,讲得更多的是他们支前的故事。解放战争孟良崮战役时,他和村民积极支前,自带行李干粮,用木独轮车推上粮食,一人推一人拉,每天走五十多里山路。遇到反动派飞机轰炸扫射,都是先把粮食藏好,然后自己再快躲起来。有时刚趴下,枪弹就把刚走过的地方打成蜂窝眼,打起的尘土飞到身上。也知道害怕,可想得更多的是带队干部教育大家的话:保护好粮食,支援战场上的部队打胜仗,穷人过好日子。

父母的孝顺是十里八村有名的。奶奶腰有残疾,父亲每次在家吃饭,总是把奶奶搀扶到自己身边。可口的菜肴先往奶奶碗里夹。每次赶集回来,都是给奶奶买喜欢吃的,孩子们馋得围绕奶奶身旁。母亲每次吃饭总是给奶奶第一个盛饭。记忆深刻的还是和二叔的分家。在农村,人口多了在一起住不下,就得分家过日子。按照风俗习惯,请来了长辈亲戚表大爷。父亲说:奶奶同意分,她怎么说就怎么分吧。表大爷按照规矩,把房子和主要家产分成两份,用抓阄的办法分。叔抓到新房,婶子却又不愿意去,表大爷也犯了难。奶奶说:那就大儿去吧!第二天就和和气气地分开了。老人们虽已离世多年,这些看起来普通、简单的生活习惯、小家务事传说迟续至今。现在一家人吃饭,都是坐齐了孩子们才肯吃。嫂子和妯娌们嫁入家中长的近六十年,晚的也四十多年,婆媳、姑嫂间相敬如宾,处得像亲姊妹。

每当我在工作生活中花钱大手大脚时,眼前就浮现出父母勤俭节约的身影。单位发给父亲的劳保用品,或不领,让给没有这个待遇的临时工,或领回家算计着用。擦脸毛巾新的用旧了,就用来擦脚擦地。坐在一起吃饭时,很少一次性用一块纸巾,而是小心翼翼地把一块纸巾撕两半用。现在想来这不在于一块毛巾、纸巾,是老人不经意地把节俭美德传承下来。

五十年代初,村里办互助组、初级社,乡亲们都愿意参加到父亲和永富大叔的组。就因为老兄弟俩乐于助人,重活累活抢在前头,小事不计较,大事有谱项。有难事敢出头顶着扛起来,有好事先让大家。父亲退休那年,村里办厂子的年轻人找上门,让父亲把退休金放在厂子里挣利息。父亲笑着告诉他们说:我不是为你们的利息,是看到你们创业高兴,支持你们。挣了钱把我的本钱还回来就行。时间不长,有人给父亲传话说:你借给钱的厂子要关门了,把钱要回来吧。父亲却很从容淡定地说:他经营不好,咱再去要钱,那不是把"雪中送炭",变成"落井下石"了?要是人家有了钱会送回来,相信青年人讲信用。

在物欲横流,唯利是图的快节奏发展年代,国民素质教育,家风、家训的传承和不断完善尤为重要。新时代也为家风注入新的活力。以往谈家风习惯秉承一种按部就班、自下而上的态度,关注的是子孙后辈对父母前辈如何的敬畏,怎么样仰慕,忽略了对后代劝勉、规范的片面性,忽略了与时俱进顺应时代潮流发展的前瞻性。有很多"忠厚传家远,诗书继世长"的优良家风;有"积善之家,必有余庆"的善意教诲;还有"勿以善小而不为,勿以恶小而为之"的劝诫,具有极强的生命力,经过了千秋万代历史检验,无不是前辈开明远虑的良苦用心。纵使有万贯家财、豪车阔宅,也难保后辈代代精进有为,兴旺发达。因此,要支持后辈奋发图强的积极性、主动性,不断强化对后辈的道德情操教育和行为规范,家风就成为金银财宝不可替代的宝贵遗产。从长远的历史看,真正能安稳传承后世的唯有家风。看似弹性柔弱的无形家风,当历史尘埃落定,当万贯金玉褪色弥散,当显赫一时的名、权、利随之灰飞烟灭,唯有家风依然会闪耀光芒,照亮后辈前行的方向,唯有家风传承历史的温情,感念前辈的初心和希望。

父亲是我一生的榜样

父亲,您离开我十多年了,但您的影子一直萦绕心头。您不仅是我亲亲的父亲,更是我钦佩、效法的榜样。

您的坚强、睿智、勤劳、善良,始终不敢不让我一点一滴地学习、效法。

您身材体貌虽不伟岸英猛,可总有一种坚强精神光环。由于您小时候家境贫穷,有病得不到及时治愈,落下了"痨病"根。我童年的记忆中,您吃药、打针那么多。可是您不到十五岁,就撑起了一个在战乱年代的五口之家。白天黑夜,风里雨里,哪像有染恙之躯?把一个穷困的佃户,把持成丰衣足食、家业兴旺的十几口人家。年龄大了,也没把疾病当成事,总是边治病边工作。退休后还留岗工作了三年。快八十岁的时候,朋友们见到您总诙谐打趣地说:您还活着?怎么越活越年轻硬朗了!您却爱说:赶上好社会,吃得好,喝得好,心情好。可我们知道,您是靠坚强的精神意志支撑。实际上从没见过您愁眉苦脸的样子。病重的最后两年,您也不让请人照顾。有时在输液治疗,亲朋来了,您依然谈笑风生。您的坚强给后辈留下无穷的力量。

您没上过一天学,可您能读书、看报、记账、打算盘。一开头根本不知道您没上过一天学。全凭您睿智聪明好学。有时不认识,不会写的字,或问儿女,或请教同事,直到学会弄懂。母亲多次给我们夸奖您:您父亲要是能上几年学多好,看一遍听一遍就能记住。工作期间,为让客人少排队等待,您一次能收七八个人的钱,同时记住客人要求,从没出过一次错差,在乡里誉为美谈。

您凭着坚强睿智,农村的耕耘收种无所不能。五十年代初组织互助组合作社,您带头组织乡亲们种起大菜园。菜种的品种全,粗细搭配好,不仅满足了乡亲们的生活所需,还成为集体合作社的重要经济收入。您还学会了编席、编筐、做篓,养殖、做皮货。在农村六十年代末,家里就用上了收录机、电视机、电冰箱,缝纫机等家用电器。在有些孩子粗棉衫还不够的日子,儿子就穿上"的确良"裤子上学,连老师都问我:裤子多少钱买的?我在回答的同时,心中何尝不充满自豪和骄傲,也深深地感受到有父亲您多少辛劳和挚爱。

您凭着勤劳和厚道,四十多岁了还被国家正式招聘为端"铁饭碗"的正式工。并让您负责一个有外事招待任务村的食品站,连年被评为先进。您很快就加入了党组织。您多次语重心长地告诉我们:在旧社会,吃不饱穿不暖,没白没黑地干,地里也打不出多少粮食,白天干活,夜里还要防着土匪来抢。解放了,共产党、毛主席领导咱们才安居乐业,吃不愁穿不愁。

您善良好客让与您交往过的人无不叩首称道。不管村里的左邻右舍,还是单位上的同事,遇到难事,您总是第一个伸出援手。村里不论和您一般大年纪的,还是年轻的人,喜欢和您一起干活,就是因为您乐于关心助人,有难事敢于出头自己扛。就是退休多年后,那些不管在机关工作的干部,还是原单位的同事,十里八乡的村民都不忘经常探望、问候。这就是您善言、善行的善果吧。

父亲,您赋予我们宝贵的生命,精心培养我们成长。在生活日趋美好的今天,我更是那么想您。后辈在您的感召下积极进取不敢懈怠。虽然,现在我们立于社会的政治、经济地位超越了您,可我们懂得,离您的殷切期望尚距太远。我们会始终不渝地将您的榜样精神奉为一种家风世代传承。

母亲的节日

社会生活中有那么多的节日,我却对母亲的节日情有独钟。每每母亲节,我总感觉:献上什么样的礼物也难以表达对母亲的崇高敬意和诚挚情感,唯有深深的祝福,愿天下所有的母亲,母亲节快乐!

每逢节日,不论城市、农村的人们,都尽可能地从工作中解脱出来,和母亲们轻松地享受节日的欢乐。可是,我那不知劳累的母亲,只要过节,却是忙上加忙。十几口人的大家庭,吃饭穿衣自是一件大事。过去过春节,就要烙上一大摞煎饼,准备好十几天的干粮。一次烙几十斤粮食的煎饼,提前三天就要把需要的三、四种粮食加工浸泡,尤其是磨糊糊,母亲总是一个人抱着石磨棍,一磨就是半夜,怕影响我们上学,从不叫我们帮她推磨。有几次看到母亲准备粮食,暗下决心早点起床帮母亲推磨。可一觉醒来,母亲早已烙了厚厚一摞煎饼,她又是半夜没睡觉。那时还小,似乎记不清母亲睡觉的样子,却永远也忘不了她看到我们吃着可口饭菜,穿着整洁的衣装欢天喜地地过节时,那脸上幸福的笑容。

母亲的手很巧。在农村还没有缝纫机的时候,全家人的衣帽鞋袜都靠母亲手工缝制。那时村里没有电灯,一到晚上,忙了一天的母亲坐在煤油灯下飞针走线,我也想借灯光看书写字,她便把灯芯挑得最大,使劲地推到我的眼前。灯火如豆,我常常望着昏暗灯影下忙碌的母亲,痛下决心,要让母亲用上电灯,不再用手缝制衣裳……早上醒来,母亲又把庭院打扫得干干净净,饭菜都已做好。母亲习惯一边烧火做饭,一边搓拧着准备纳鞋底用的麻绳。

母亲做的饭菜格外香。20世纪六七十年代,公社、县城,甚至省、市下乡驻村工作的国家干部,都是安排到农户家吃饭。我们村是全省远近闻名的"学大寨"先进村,常年有各级工作组驻村,在家里吃饭的干部比自己家的人还多,因为村干部觉得派到俺家放心。我更喜欢、盼望那些干部来家中吃饭:母亲虽然更忙更累,却把饭菜顿顿做得像过节,同样的粮食菜蔬经过母亲的手就更香味可口,因为母亲把上级派村里工作的干部当亲人,像过节一样粗粮细作、细粮精做,把家里的粗粮和为数不多的细粮调剂着吃。每到春、夏,母亲把荠菜、槐花等野菜采来加工,做成美味可口的窝窝头和菜饼,家里吃饭的干部夸奖说,在城里也吃不上这些美味。过节的日子,母亲又像耍魔术变戏法似的做出白生生的馒头和神态各异的面鱼、面鸟,让人见了只赞叹又舍不得吃。

现在生活条件好了,人们不再为吃饭穿衣发愁,节日的衣食、娱乐也是丰富多彩。然而,过节了母亲还是一个闲不住的人。虽说不用下厨动手,但她操心事也不少,问鱼肉买得够不够?孙子们添没添新衣装?我们节假日回家,饭菜总是准备齐全,还经常自夸:鸡蛋是家里的鸡下的,菜是自家菜园里种的,都是无公害绿色食品。我心中真高兴,大字识不了几个的母亲也与时俱进,学会了这么多新词语。

前年,我们决定在"母亲节"时,一起陪伴母亲游览当地风景区,并下餐馆吃"大席",让母亲好好轻松一下。谁知,她还是那么不"清闲",路上不时捡起果皮纸屑放到垃圾桶,和游览的老人、小孩谈笑,我们请她坐游船她说"晕水",让她看动物,她说害怕老虎叫;

吃饭了,她一会儿说年轻人花钱不节约,一会儿劝这个多吃菜,一会儿又给孩子们夹菜拿饭。

这个母亲节,母亲还是最操心、最忙碌,但我知道,她最快乐!

父母的外事情缘

我的父亲吴德丰,母亲王淑凤都没上过一天学,父亲靠自学,充其量也就是小学水平,却凭着善良仁厚,勤劳朴实,待人热情周到,结交了那么多外国朋友。乍一听,似乎贴不上外事边,可附近七村八庄,连城里领导都知道。

20世纪70年代初,家乡石家庄村早已是远近闻名,当时的县委、县政府发出"远学大寨,近学石家庄"的号召。祖祖辈辈种地的庄户人过上了"楼上楼下,电灯电话",吃穿不愁的好日子。上级有关部门决定:石家庄对外开放。

身为村支部书记的吴永富大叔深知,石家庄对外开放,不仅是上级的信任和对工作的肯定,更是通过对外开放,走向世界,对石家庄的检验和促进。是向世界展示社会主义新农村生产、生活、民风民俗文化的崭新面貌。一九七二年第一次外事是日本三重县的朋友,虽没吃饭住下,但给予了高度评价,赠送村会计室电子计算器,在村中心立碑"中日友好路"。

外国朋友从来村里走走看看,发展到住下来和村民同吃、同住、同娱乐、同劳作。我们家作为第一批为外宾提供吃、住活动的农户。父母亲听到村里的安排,又高兴激动,又紧张心中无底,害怕接待不好。永富大叔组织这些示范户开会动员,一起请外事办的人出点子。大叔说:石家庄对外开放,是政府信得过咱村,村里精挑细选的示范户,更是村里信得过的老少爷们。父母亲听到这样说,陡添了信心,也有了主意。

回到家,父母亲,哥哥嫂子把外宾来家里吃住的事,从头到尾一步步计划,琢磨了一遍。家中也进行了分工,母亲负责楼上寝室的卫生、摆设、清理打扫;父亲和嫂子负责采购、烹饪;当村干部的哥哥,在负责村里外事秩序、安全保卫的同时,把接待质量、外宾意见要求及时传递回家。第一批外事就五十多人。为保证一炮打响,外事部门和村干部格外重视。家里的接待工作在村里和上级外事部门检查验收时一次通过,得到高度评价,还让其他示范户观摩学习。美籍山东大学女教授诺玛,带考察组一住就是二十二天。从来没和外国人打交道的父母亲嫂子,成为诺玛教授的好朋友。

随着外国朋友的增加,父母在家里的接待水平不断完善和提高。八十年代初,每月就有十七、八个旅行团。为保证卫生、干净,母亲准备好了多套被褥床单等,住一次立即换干净的。还在寝室的床头,桌子上摆放一些具有浓厚民风民俗和乡土气息的"老虎头娃娃"、草编、剪纸等,外国朋友特别喜欢。父亲的生活调剂更是有声有色有味。根据不同外国朋友的生活习惯差异,又能展示中餐鲁菜的民间风格,琢磨出来了一些半土半洋的中西结合菜名,如:水果蔬菜沙拉,糖醋里脊,拔丝地瓜等,尽管让随团翻译费解,外国朋友一边吃一边伸大拇指,嘴里还赞不绝口地"OK,OK"。父母虽听不懂外语,但"OK"听多了,熟了,再看看他们喜形于色,兴高采烈地吃相,也知道朋友吃得可口,心中说不出的高兴。

父母亲把外国朋友当亲人,记者采访他们时,也由衷地念念有词:人家来了家中,就是咱们的亲戚朋友,应该热情地拿好东西招待。咱一家是代表着石家庄,代表着富起来的中国庄户人。在前后二十多年的外事接待中,父母亲接待日本、法国、缅甸、刚果、罗马尼亚、美国等三十多个国家的三百六十多名外国友人。有些外国友人回国后还来信致谢。法国四岁"小天使"跟父母亲住在家里,和母亲寸步不离,三天就学会了用汉语叫"奶奶"。陪着母亲做饭拉风箱,缝老虎头娃娃,一起荡秋千。离家时抱住母亲的腿不放,哭得泪流满面。

　　由于父母、嫂子热情朴实,还参加了无数次大型外事集体表演活动。母亲抱小天使荡秋千、做饭、伴新娘等照片影像见诸国家报刊和银幕。外国朋友为表达谢意,有的给外币,都被父母亲婉辞了。有时给几个小食品,小饰物,父母亲就象征性地收一点,攒在母亲的百宝箱里。有年在部队回来探亲的我,瑞士的旅游团刚走,母亲把我叫到跟前说:这是外国朋友硬留下的纪念品,这两件你一定稀罕。我一看还真喜欢。一把瑞士军刀,一支派克笔。我把这两个物件像宝贝一样,放在行囊中随身四十多年至今,为瑞士军刀用钩针钩的套也换了几次。这些充满着父母慈爱,也成为我不论走到哪里,多大年纪,对父母永远的念想,看到它们就像看到父母亲和外国友人其乐融融、谈笑风生的真实生动场景。

常回家和爸说说话

我有一个不成文的"规矩",每星期至少要和老爸"对话"一次。不管是原来当兵,离家千山万水,还是和爸一起生活的日子。远了用电话,书信从不间断。

转业回地方工作后,爸还是大部分时间住老家,我不论多忙,也要把对话交流的时间安排出来。

回到家,或沏上一壶茶,或炒上几个小菜喝几盅酒,暖暖炕上,庭院花下,畅所欲言。往往是我听得多,谈得少,谈社会新闻多,说以往旧事少。可我爸谈不上三句,就说他青年时如何如何,说工作岗位上的奇闻乐趣。每当谈到这些,老爸的语音底气特足,精神格外好,似乎又回到了当年。难怪母亲说他,一星期不"演讲",就没有精神头。有时我出发在外,就给爸打电话边"请假"边说上半天。我建议他多和村里的人聚,多找一些和我妈谈上来的话题,寻找共同语言。

常言说:树老根多,人老话多。对于老人来说,说话多一点是件好事。如果能经常和亲朋好友、街坊邻居、子孙儿女聚在一起拉拉家常,古今中外海阔天空地神侃,不仅能表达心意,交流感情,还是老人排除寂寞,活跃心情,维护身心健康,消除不良情绪的有效方法,所以有人称之为"话疗"。做儿女的常回家陪父母说说话,是一种很好的孝敬方式,也其乐无穷。

难忘的压岁钱

每到春节拜年给孩子发压岁钱,就想起我小时候父亲第一次给我压岁钱的情景。

四十多年前的那个春节,刚读小学一年级的我,第一次得到了压岁钱。除夕之夜,团圆饭后,父亲把我拉到跟前,慈祥地望着我,抚着我的头,拽拽我刚穿上显得有点大的新衣说:"孩子,你已经读书了,过了年又大了一岁……"说罢,小心翼翼从口袋里摸出一元钱,压在我的手上,钱似乎和父亲的大手一样热乎乎的。父亲又说:"这是父亲第一次给你的压岁钱,要好好拿着,别乱花乱用,上学会用得着。"我先是不敢相信这是真的,父亲竟然破天荒给我这么多的压岁钱。从没拿过这么多钱的我,感到是个天文数字。那时,在村里一个整男劳力干一天活才挣一毛二分钱的工分。好像我在父亲面前一下子长大了,心中一阵从没有过无以名状的激动和高兴。

为了保管好这压岁钱,我用牛皮纸折叠成钱包,把钱放在钱包的最里层。有了属于自己支配的钱,心里总是美滋滋的。正月里看到那红红的糖葫芦串,望见人燃放烟花爆竹,尤其是那能响两次的"二踢脚",也没舍得花这压岁钱。

春节很快在快乐中过去了。开学时,我第一个到老师那里,掏出钱交了学费,将剩下的三毛钱又整齐地放到钱包里,压在睡觉的炕席底下,每天放学后,上学前都要摸一摸看一看,心底有一种满足和自信,读起书来更有滋有味有劲。从那以后直到应征入伍,每年春节,父亲都给我为数不多也不等的压岁钱,我都妥善保管精打细算,从不乱花乱用。因为,我清楚地知道,父亲给我的每一分钱,都是他辛劳血汗的结晶。

自从我第一次有了压岁钱,就陡增了一份自信,一份乐观,一份成熟和责任。更懂得这压岁钱凝聚着父母对儿子的殷切希望和关爱,使我幼小的心灵知道钱的宝贵和来之不易,慢慢理解、学会使用钱的道理,既不因为生活富裕而挥霍浪费,也不因为钱的重要受其所累所害而沦为钱的奴隶,丧失人格尊严。

改革开放以来,人们手里的钱多了,压岁钱不再是几毛几元,但不论多少,同样体现着父辈对下一代的关心和期望,注入了亲情的暖流。

酸甜苦辣话过年

过年,是我国人民古老的传统节日。在人们的言谈话语中往往把过年视为好事,是最值得庆贺的日子。然而,在实际生活中,因为年代、环境、条件的不同,过年也不尽是给人以欢乐,也有其酸、甜、苦、辣。

儿时过年有四盼。

一盼生活能得到改善。在那个经济不发达的年代,整个社会物质文化生活条件差,吃的用的不宽裕,更谈不上兜里有零花钱,一年很少添件新衣服,极少连着吃几顿白面馒头,鱼、肉副食品凭票证按人定量供给。只有在过年时,父母宁愿自己不穿衣,也要给孩子添新衣,把一年省下来的白面留在过年吃。老人说:过年穿的新吃得饱,一年的日子都很好。在老人这些说道里,虽有点唯心主义色彩,更是充满着对美好、富裕生活的热切期盼。

二盼压岁钱。过年时,家长和长辈有给自己的孩子、亲朋的孩子发压岁钱的风俗习惯。据说压岁钱有驱邪镇鬼之意。孩子们得到压岁钱,能保佑平平安安成长。压岁钱蕴含着家长和长辈对孩子的热切希望,家里再穷,手头再紧,也要在过年时给孩子发压岁钱,哪怕是几分,因为那时一次收到一毛钱的压岁钱就算多的。而孩子们在年前就算计压岁钱能收到多少,怎么花。过了年,用长辈给的压岁钱买支新钢笔、新本子,买串糖葫芦,心里就不用说多甜美,因为这是自己拜年得来的,花起来坦然,却顾及不到家长和长辈发的压岁钱多么来之不易。

三盼全家团圆。过年也是家人亲戚朋友团聚的节日。许许多多离家在外的人,为了吃一顿年夜饭,千里迢迢赶回家中,为过年阖家团圆,盼了多少个日日夜夜。在正月里又是走亲访友的好日子,一年见不到几次面,趁过年坐下来交流一下思想,加深一下感情。

四盼走村串户尽情玩。平时学生忙上学,放了假、星期天就要帮大人干活,大人忙工作,也很少得闲。过年了,大人领上孩子走亲访友,看到的是笑脸,听到的是热情的问候,一派祥和的气氛,这样的生活能不让人盼?过年了,学校放了假,家里的活也不多,和孩子们一起尽情地玩。而且过年农闲,哪里都有好玩的。如唱大戏、踩高跷、耍龙灯、跑旱船、扭秧歌的。孩子们除了跟大人们跑来跑去疯玩,孩子们一起比谁的爆竹多、肯响,打陀螺、打瓦、滑冰玩得特别放松开心,感到过年是个耍日子。

五盼能穿上好衣服。平时孩子们穿的是旧的、带补丁的衣帽鞋袜。过年了,条件好的家庭给孩子做新衣,条件差的也能尽量找些新衣服穿上。过了年也舍不得脱下来。直到快出正月开学了,才洗干净放好,待再过年过节或走亲戚时穿。

现在是怕过年。今天的生活条件和过去有了翻天覆地的变化。就吃穿而言平时和过年没有多少差别。一是怕年前忙忙碌碌串门,年后天天应酬喝酒。平日里亲朋好友,老领导老同志是无事不登门,要过年了,不去上门看一看说不过去,难怪人们一进腊月走路说话都加快了节奏。要串门,一是得计划好不能漏了谁,七大姑八大姨,刘局长王科长都不能少。礼尚往来人之常情,你来我往总不能空手,得准备礼物,少了寒酸拿不出手,多了经济不允许,真怕动这份脑筋。二是怕拜年时见孩子。日常见了孩子,我不知他姓甚名谁,孩子也不知叫我什么。过年了孩子似乎比平时聪明多了,见了面就是大爷、叔叔过年好?爷爷过年好?现在虽不时兴磕头了,但小字辈给你拜年,总不能无动于衷。这时,自然想起自己小时候拜年的盼望。总得掏出钱来表示一下。这场合,又怕和"款哥"同行,孩子一叫,人家一下子就拿出钱来发一圈,我知道自己是不敢的。三是怕正月里喝酒。怕"连续作战",中午在你家,晚上到他家,还没喝完又约定了明天到我家,如此一轮就是七八天,味道可想而知。不知哪朝文人学士把喝酒和办事实不实在扯到了一起。在酒席上的说法是,喝酒不实在,交往就不实在。不实在虽说不至于算小人,但在人的心目中属不受欢迎之列,所以,都力图表现得实在些。别人敬酒时你喝得多,给别人的面子大,而劝别人喝得多,别人给你的脸面大,为了表现实在,就只好不顾身体的难受。四是怕喝"跑片"。二个三个朋友同事邀请,不到谁家也不好,于是只能兼而顾之,这家喝几圈接着到那家,去了不仅不能少喝,而且或奖或罚补几杯,反正要多喝几杯大家才高兴,为了亲朋好友的兴致,喝!这年过得很累很怕。

　　未来的年怎样过?一定会慢慢地冲破旧世俗观念,过得轻松、健康、愉快,又不失过年的滋味。政府放我几天假,就为的是过好年。亲朋好友要交往,切不能忘了"君子之交淡如水"的名言。重在感情的投入,应从庸俗的物质交换中解脱出来。现在通信条件这么快捷方便,打个电话、电视点播一支歌曲也能表达诚意,寄上张贺年卡也别有一番情趣,集体单位召开了一个团拜会,也很有过年的味道。平时大家工作学习辛苦,亲朋确实难得一聚,过年放假休闲,在一起聚一聚也无可厚非,一杯热酒,一碗清茶,吹吹牛,侃侃山,交流一些思想,总结一下工作,谈谈新一年的打算,也是其乐无穷。若是只喝酒,以酒量高低论英雄,反而会伤感情。有条件的家庭可以两三小家在宾馆包餐吃年夜饭,老少八九人一桌,不用自己下厨,吃饱喝好跳跳舞,看看电视,别有一份浪漫。未来的年怎么过?过了年会知道,但要自己去把握,定会越过越好。

我的家 你的家

"我们都有一个家,名字叫中国……"这首歌唱的是华夏五十六个民族的大家。而她又是由难以计数的我的家、你的家、他的家所组成的。

家是什么?《说文》称:家,居也。随着社会物质文明、精神文明的高度发展,给家赋予了更多更广更深刻的含义。家是国家、社会的组成部分,家是人类前进永恒的营地,是社会发展的缩影。

你若是一只漂泊的小船,家就是一个避风港;你若是一个奔赴疆场的战士,家就是你力量和智慧勇气的源泉。家是慈母和善的面容和千呼万唤的叮咛,是严父满怀希望的眼神和爽朗的笑声,是爱妻充满深情的嗔怪,是儿女甜美娇柔的话语。家里有永远做不完的活计,有理不清的情结,家是人们无论走到哪里都牵肠挂肚、梦萦魂绕的情怀!

我们每个人,都是从家中启程,走进社会,闯荡世界,开始人生旅途的跋涉。不论是城市,还是乡村,也不论是华屋,还是陋室,家永远让人怀念思恋,永远是人生灵魂的归宿。不正是这样吗?那一缕炊烟,一棵树木,一丝夜幕下的灯光,都让人感到家就在身旁。曾是游子的我,总忘不了一枚小小的邮票,一段轻松愉悦的乐曲,一只小鸟的啼叫,它们都会让我沉浸于家的幸福欢乐之中。

回家的时候,不论是搭火车,乘汽车,坐飞机,也不论山高路远,酷暑严寒,风霜雨雪,归心似箭地赶往家里。尽管那是泥土砖屋,是土炕麦草铺,都急急地奔向她。一旦感觉到家的气息,所有的烦恼、疲劳都跑得无影无踪,躁动不安的心就有了宁静,就有了归宿。

　　家是回音壁,在家里能听到时代铿锵有力前进的脚步;家是面镜子,在这里可以照见社会兴盛衰败的踪迹。鲁迅先生在《阿Q正传》中说:阿Q没有家。实际上阿Q本是有家的。因社会制度等种种原因,使阿Q和许许多多的穷苦人民没有了家。国家的独立、强盛、民主和自由是你的家和我的家幸福、安定、和谐、富裕欢乐的基础。在这国泰民安的好日子,我们每个人不仅要加倍热爱、努力建设好"中华民族"这个大家,也要珍惜、呵护好你、我、他的小家。让我的家,你的家,他的家多一份和谐,多一份富有,让家越来越温馨,生活越来越美满!

发长发短皆有情

古人云:身体发肤,受之父母,不敢毁伤。告诉我们发肤是父母给的,不能有所损伤。爱护发肤,就如同孝敬父母。实际上,人的发肤,不仅能体现人的健康状况,心理动态,更能展示人的仪表容貌、职业、爱好习惯。比如,中国部队官兵是清一色板寸头;欲奔赴战场的勇士理光头发,以便于受伤包扎和日常生活方便;而出家步入佛门须剃度,了却千万凡尘。说起来,头发很是重要,历史上有曹操以削发代首,号令三军,更有多少仁人志士以发寄情铭志的趣事。

听娘说:我的头发从一生下来就很好。湿漉漉地贴在头上,黑亮而稠密。那个年代,家里虽没有吃糠咽菜,食不果腹,可也没有眼下这么多好东西吃喝。想来,自然得益于无公害污染的绿色食品,青山绿水蓝天白云的环境和良好基因。

在农村,有给小孩子留"老毛"的习惯。也有人戏称为老鼠尾巴。将孩子在脑后发际下沿留一撮胎毛,剃头就留下,平时可辫成小辫子,直到六七岁上学时才剃掉。在街上看到留"老毛"的孩子,就知道他家男孩子少。唯心的说法,留了"老毛"的孩子娇娇,金贵。我的兄弟姊妹多,但也留了"老毛",娘说好看。足见娘对儿的慈爱之心。有一次在和孩子们的争斗打闹时,人家抓住了我的"老毛",我只好败下阵来跑回家,让娘请来理发匠把"老毛"剃掉了。

有年炎热的夏天,中午放学回家路上跳到水塘纳凉。没想到水深得一下子就没了顶。拼命地手扒脚蹬挣扎,一露头就喝一大口水,水呛得喊不出声来。幸亏一个会游泳的大人路过,看到漂动水面的黑发,跳下水拽着我的头发和胳膊将我救上岸。在把我倒控在塘边抢救时,隐隐听到救我的人对围上来看的人说:多亏看到头发还漂着,才知道孩子溺水。原来,不会游泳的人,在溺水后手足挣扎只是一会儿,当没有力气而下沉时,最后没水的是头发。

  头发救了我,也曾深深地伤害过我童年的自尊。刚上小学一年级时,我把养的小鸟放在书包带到了教室。老师讲课时,小鸟也叽叽喳喳叫了起来。老师放下课本,严厉地问:谁带的小鸟?站起来!那时很多孩子也偷偷带小鸟、蝈蝈、蛐蛐上学。邻桌的同学目光也聚向我。我勇敢而怯怯生生地站了起来。心想,又不是我一人带小鸟,再不带就是了。老师大步走到我的面前,一把抓住了我的头发,我本能又不服气地甩了两下头。老师拽着我头发的手不仅没松开,还向墙上撞了一下。幸亏教室的墙是苇席搭成的。

  头发长了理,理了长,不知多少次,自己也慢慢长大。上中学时,似乎不贪玩调皮,知道整洁要漂亮了。住在学校十多个同学的大草铺。一个宿舍有一面镜子、梳子同学们共同用。有时争不到用,即使上课预备铃响了,也不忘照着玻璃窗,用手把头发梳理几下。

  参军入伍第一次用电动理发剪,心里感觉理出来的发也不一样了,但为了需要,头发也只好无条件服从,把学生小分头理成军人的板寸头。

  部队驻防戈壁滩时,生活用水要用车到很远的地方拉,洗脸、洗衣服只好用地窖水(西北农村专门为存蓄雨水所垒砌)。沙尘天气,战友们常常是一张土黄色的脸,几人用一盆水洗脸后,水成了泥汤汤。为减少用水及卫生方便,只好板寸头理成"和尚头"。洗头用水少,有时,洗脸用湿毛巾擦擦就行。爱人第一次去部队探亲,见到我的"和尚头",诧异地问:理了大光头?我自豪而风趣地说道:个人服从组织,头发服从实际。

随着生活条件的不断改善,头发更加粗黑油光。有次理发后,爱人摩挲梳理我的头发。突然惊叫一声:"白头发"!并随手拔了下来拿到我眼前看,多么可贵的第一根白发。有了第一根白发,在不经意的时光流逝中,白发悄然无声地多了起来。白发虽不多,但在黑发中那么显眼。银白色硬挺挺地在发际中晃动,似乎比黑发硬,又似乎告诉我,努力吧,慢慢变老了。

理发店的理发师们,把给理发者染发当作主要收入来源。每次理发,他们总是反复地热情推介:你有白发了,染一染吧。纯天然,无公害的染发剂,染一下显得更年轻潇洒。我总是婉辞谢绝。到了一定年龄,有几根白发属正常事,没有白发倒显得不正常。年轻不年轻是客观存在,不仅是看外表,关键是良好健康的心态。

说归说,理发回家,望着镜子里不断多起来的白发,小心翼翼地用剪刀把白发剔剪掉,也没感觉显得年轻漂亮。白发似乎比黑发长得快,理发没几天就比黑发长出一些。想来不是白发长得快,而是在众多的黑发中显眼夺目,有点鹤立鸡群的感觉。难道真像人们说的谶语:剔剪一根,长出十根?开始自己照着镜子剔剪两鬓和头顶,后面的让爱人和孩子剪。然而,剪掉长的,用梳子一梳,又像没剪一样。真是白发剪不尽,转眼又发生的感觉。

白发还不到黑发的一半时,看上去已满头白霜。随之也感悟了不少不再顾虑白发的妙思:发长发短皆有情,视情所好;发黑发白顺其自然,天命难违。走在路上遇到咿呀学语的顽童,老远就叫:爷爷好!心中在叹息自己不再年少时,也有美滋滋的味道。孩子是望见了白发,看到我步履轻松稳健。若是举步维艰,拖根拐杖,那肯定会叫老爷爷好。孩子们眼神真好,我还没老!

您走得太久,去得太远
——祭念娘

娘啊,您去得太久,走得太远。您走后的日子,我无时不在心中将您祭念。您和这个家,从来没有这样分离过。您去的天堂,是那么遥远,从此再不能相见。

您走得那么突然。我总感觉您还会回来,只是出去看看。可这么多日子,却只能梦中相见。俗话说:德高人长寿,心宽福自来。就是在您耄耋之年,人们问起您多大年纪?您总是风趣幽默地笑答,哪有年纪啊,才九十岁。说得是那么得轻松、自信。您也常念叨,和您那么多一样年纪的先您而去,您对生老病死看得那么淡定。谁都不信说走就走了,且这么久,这么远。

您常说:您十四岁嫁入吴门。人生的十四岁,正是天真烂漫,刻苦读书的少年。您却和父亲在战乱动荡的年代,靠勤劳智慧,将一个贫穷的五口佃农之家,发展成衣食无忧,乡里有口皆碑的四世同堂兴旺、富裕之家。您常说:大集体年代的"三夏""三秋",和男劳力一样干活挣工分。打麦场上抱一天"飞碌碡"杆,回家还要做饭伺候孩子。子孙九人全是您一人带大。常常背上背着孩子做饭、喂猪忙家务,晚上孩子们睡了,您再做针线,或准备第二天的饭。

您没读一天书,不识字没文化。可您有那么多渗透着乡土气息,教诲子孙勤劳治家进取的朴素格言,我永远铭记心间。"为人好,自己好",彰显了您乐善好施,助人为乐的心胸;"人生天地间,忠孝礼义先",彰显了您积德行善,邻里家庭和睦相处的根本;"吃不穷,喝不穷,算计不到就受穷""爹有娘有不如自己有,身后有不如身前有",彰显了您勤俭持家,自强、自立,敢为人先的良好家风。

您是多么盼子孙个个有为,为国家社会多做事,又怕离开了家,离开了您走得太远。您积极支持儿子参军,去西北草原守边关。多少次想儿想的端详着照片,热泪满脸。我记不清多少次离家远去,您都是千叮咛万嘱咐。就是在您行动迟缓的时候,也是一手扶拐杖,一手牵儿的手到大门前。一边挥手,一边嘱咐那无数遍的话。儿从您的眼神里看到多少关爱和期盼,获得多少力量和温暖。

娘啊,您走得多么匆忙安然,又微显疲倦。呼您不应,唤您不醒。顾不上多看儿女一眼。儿怎么能不知道,您在近一个世纪生活艰辛,不分白昼的操劳。心中总想着儿女,想着别人,不把自己放在心里。儿懂得,您一生的努力,无愧于心,无愧于天地。

您从来没走这么久,去这么远。只去过北京、青岛、泰山,却没走出国门,没去上海、海南看看。坐过汽车、轮船,却没有坐动车、飞机,享受一下现代化科技新生活的美感。

娘啊!有您在世的日子真好。不论您到哪里,哪里就是我心身向往的平安幸福屋。在您的跟前,不觉得累,不知道愁,更不觉得老,永远感觉是孩子。现在想来,我们虽然也懂得百善孝为先,父母之恩大于天;懂得"百孝不如一顺,百顺不如一用"的道理。有时怨您说得多,管得宽。怕您累着做不了,不让您做这做那。是您把我从小喂养大,现在该是伺候您了。但吃饭时,您仍不忘给儿夹菜拿饭。不懂得"子欲养而亲不待"的疼痛。您给予我生命,引领我在人生旅途启程,却无法终生相伴,是多么悲伤的事。您走了,儿似乎一下子长大了。可多么想再依偎在您的身旁,听您的叮咛,吃您拿的饭菜,听您讲那些让儿刻骨铭心听多少遍也听不够的故事。

　　娘啊！您走了,儿唯有生活的沧桑,只剩生命的归途,只剩对您永久的祭念和祈祷。

大叔教诲永记心中

吴永富大叔不仅是我可亲可敬的长辈,更是我的良师益友。在我成长进步的道路上,老人家的谆谆教诲永远牢记在心。

大叔和我父亲虽不是五服以内的堂兄弟,但由于在新中国成立前的战乱年代患难与共,一起躲土匪,防止国民党反动派抓丁抓伕;解放战争时期一起推上独轮车送粮食去前线;解放初期又一起办互助组、初级社;所以处的比亲兄弟还亲。20世纪70年代初,我从部队回来探亲。一进家门,看见大叔和父亲在堂屋,为二十元钱争来争去。先听到父亲说:别当回事,你拿上先用好了。我不明事理,也莫名其妙地随和着父亲说:大叔你就拿着用吧,老兄弟俩还分得那么清楚。大叔说:"用了几个月了,现在手里有了,哥哥你就收下吧。"

大叔见我刚到家,把二十元钱硬塞到父亲手里。边向外走边说:"你们爷俩说说话,我还有事忙。"轻轻地拍着我的肩膀,开玩笑地说:"亲兄弟也要明算账。"

送走大叔回到屋里,父亲才详细说起刚才的事。原来,大叔到县委当了领导后,仍兼任村党支部书记,住在家里。当领导了,来找他汇报工作、办事的人就比原来多多了。有时客人赶上吃饭时,就在家里吃。村里虽然有招待所,可大叔那么认真,公私分得那么清,一般到村里家中找他的,都是在家里吃饭。为了让客人吃得好,就让大儿媳妇学习了厨艺。因此,几十元的工资就很不够用,只好向家父借钱救急。一个县级干部,还借了钱招待客人吃饭,我心中陡然顿生对大叔的敬佩。当时,我在部队已当干部,一月六十四元五角,是大叔的两倍多,有时还入不敷出,真是和大叔相差太大太远。

大叔目光深邃,思维敏捷。把培养教育青年人成长放在心里。六十年代末,解放军总政歌舞团来家乡征兵。我一时着了当兵魔。让父亲去给大叔说。大叔说:"才十五岁的孩子,年龄不符合征兵的要求,再说你正上学……"我一听也犟起了牛。你们不让我当兵,我学也不上了,也要造反闹革命。召集十几个一般大小的同学,成立了"东风战斗队",还向村里要了房子做办公室,印传单、破四旧。虽然没敢找大叔辩论说理,村里的两个戴帽坏分子倒了霉,整天被戴上高帽子游街。大叔看我们不上学,瞎闹腾,心中也急,找到我这个战斗队头目做工作,几句就把我说心服口服,不敢回话。我和孩子们都立即返回学校。

在当时,全国还没恢复高考制度,老师是挨批的"臭老九",教育工作乱七八糟。大叔组织力量在村里建起了从小学到高中的正规校舍。在校师生和升学率全县都是名列前茅。大叔在召开村民会时教育大家:原来,石家庄是出了名的佃户村,一个重要原因是穷,没有文化。算来算去咱村没出过大学生。要让孩子读书,有文化才能改变穷困现状。大叔一有空就去学校,帮助解决问题,村党支部还分工一名副书记抓学校教育。由于校舍改善,教学水平升学率提高,原来去外村上学的孩子回村里上学,十几里外的村民纷纷送孩子到石家庄上学,在校师生逾千人。

1972年初,我高中刚毕业在家劳动。一天,大叔找到我问:你高中毕业两个多月了,对将来有什么打算?一下子把我问蒙了,不知如何回答。大叔接着说:青年人没理想可不行。既要脚踏实地,认认真真地干好眼前事,又要有远大的理想抱负。虽然高中毕业了,但需要学的东西还很多。以后新农村建设还要靠你们有文化的年轻人。近期,县委党校举办青年干部学马列理论读书班,时间一个月,村党支部决定让你去参加。好好学,回来给村里党员干部讲讲,也看你学得怎么样。

我下午就去了县委党校报到。一听一看全是乡镇(当时叫公社)青年干部,就是我一个吃庄户饭的。看看课程表发的书都新鲜。《共产党宣言》《资本论》《哥达纲领批判》,毛主席的《实践论》《矛盾论》《关于正确处理人民内部矛盾的问题》和"老三篇"。有几本书都是第一次见。从参加读书的人员到读的书,深深感到了压力,也坚定了认真学习的决心。读不好,就愧对大叔希望,就无法回村给支部党员讲课。

读书班很快结束。回到村里也不敢放下党校老师讲的内容,时不时地翻开书和笔记看看。害怕时间长了生疏了讲不好。大叔工作忙,有时见到我也再三嘱咐不能把读的书就着干粮吃了,找个下雨天给大家讲讲。实际上以后我细想,大叔或许压根就没想让我给村里的党员讲,《哥达纲领批判》《资本论》农村普通党员也听不懂。大叔的良苦用心是让我多一个学习锻炼机会,提醒我学校毕业了也不能放松学习。

年底应征入伍后,不论在连队还是在机关,读书学习始终不敢懈怠。一九七五年立功受奖,被军分区表彰为读书学习模范共青团员,加入了党组织,由部队推荐到兰州大学学习两年。在给大叔的信中,言辞难免流露出得意忘形的骄傲自满。大叔接连写信嘱咐,珍惜上学这个难得的宝贵机会,好好学习,严格要求自己,不要忘记是当兵的人,学成好报效国家。

两年的大学生活很快结束,回到已经改编换防的原部队。在学校时,虽认真学习,也有些不合实际的念头。认为大学毕业回到部队马上就提干部,穿四个兜的衣服了(当时部队干部衣服四个兜,两个下兜两个上兜,战士只有两个上兜)。结果,到部队第一天,老天爷就给我个下马威。车行到半路,铺天盖地的沙尘暴来了,刮得车找不到戈壁滩上的"搓板路",只好停下来等风暴肆虐了二十多分钟。风暴过去了,满车的尘土,人也灰头土脸变了样。

部队驻防腾格里沙漠边的大山深处。团以下单位全是土坯房,百分之五十的连队住地窝子,饮用水几乎全是用汽车拉。因为刚换防改编,部队主要任务是建设。正面对如此艰苦的环境条件,组织上一纸命令让我去基层施工连队当班长,思想情绪走向最低谷。

远在二千多里外的大叔,听到家父谈到我的情况,百忙之中立即写信敲打我。要经得住组织考验,敢于迎接艰苦生活磨炼,吃苦是年轻人的必修课。还讲了许多老一辈不怕吃苦创业的例子,使我打消了准备复员回家的念头。要求到最艰苦的新组建连队去当班长(实际上原来是缺当基层班长这个课),和班里的战友吃着玉米发糕,睡在地窝子。上课就到五十多公里外的山上背石头装卸车。在工地上,发现自己和深山里开石矿的战友们比,这点苦算不了什么?他们在深山三五年都难得出山几次,整天和山洞、石头打交道。关键是大叔意味深长的嘱咐改变了我对艰苦生活的认知态度。一个好战士必须经历艰苦磨炼,从最底层做起。艰苦生活和基层战友亲密交往,摸爬滚打,朝夕相处,使自己成熟很快。把吃苦耐劳,敢于在困难面前冲到前面成了自觉行动。从基层连队到军区机关工作,这些在基层实际生活中养成的思想作风始终不敢忘。

从部队转业到地方工作时,有很多人提醒我托关系走走门子,能安排好单位好工作。我是从心底里也不敢去大叔那里说。我知道,去了他不仅不会给我介绍工作,还会给我上政治课教育我,因为我早就知道大叔很反对凭关系办事这一套。对自己的孩子也是这样,教育他们严格要求,凭自己的能力和素质吃饭,别想靠老一辈子的牌子找工作。大儿子当兵四年,是空军地勤机电维修工。复员回家,几次要大叔给找个工作进城,大叔硬是到退休后也没答应。大儿在村里当电工,也是凭着自己考试和群众推荐当上的。

在地方工作离大叔近了,每遇到工作、思想难题就找大叔求解问法,他总是从长远从大局出发看问题,热心地指教,使自己在工作中不迷向,有干劲,圆满完成了各项工作任务,多次受到地方党委政府组织的表彰奖励。

大叔虽已离开我们多年,可他的谆谆教诲永远铭记我心中。

解放鞋

在家中的鞋架上,一直摆着双旧的"解放鞋",鞋面已变白,草绿虽依稀可见,鞋底下的橡胶纹络也磨光了。然而鞋上除了整齐的几个补丁外,却是一尘不染。每次搬家或处理家中废旧物品,总舍不得扔掉,因为它记载着社会和我爱人的一段终生不忘的经历。

六十年代末,国家政府发出号召,知识青年"上山下乡",高中刚毕业的她就踊跃报名参加。离家前的晚上,当兵几十年的爸爸,从箱底找出一双部队发的军绿色"解放鞋",弥显珍贵地给了她。认真地说:爸妈很高兴地支持你的决定。你长大了,到农村广阔的田地里锻炼锻炼,对个人的成长进步,一生都有好处。这"解放鞋"结实、跟脚、不太怕水。爸爸的话虽然不多,她却感到字字千钧。那时,家中姐妹多,鞋子衣帽总是大的穿旧了,妈妈洗洗、补补、改改,小的再穿,也没见爸爸翻动老箱底,拿出这多少年的存货。可见得这些部队的衣物在爸心中的分量,可见对女儿重大选择的重视。

爱人刚到农村时,"解放鞋"轻易舍不得穿,不仅是要和贫下中农同甘共苦,同吃同住同劳动,打成一片,更知道"解放鞋"穿破了花钱都买不到。劳动时和村里人一样穿布鞋,天下雨就赤脚。山路上的小石子和带刺的草蔓,踩上就疼得钻心。房东王大娘说:咱队的饲养员李二叔,二十多岁了还没双新鞋穿,不到冰天雪地的日子一直是打赤脚。有天早上,正好遇到他。已是白霜满地的季节,他还是那样从容地赶着牲口走在铺满碎石的山路上,脚上龟裂着流血的口子,像是没事一样。

那天大雨过后,村支书让她去街头宣传栏黑板写"毛主席语录",她穿上了"解放鞋"。一群赤脚在雨水中戏耍的孩子,见她穿鞋的不怕水,吵吵嚷嚷好奇地围观上来看。"哎,快看,这鞋敢走水呢?真好看!这鞋和黄军装一个颜色。"有几个胆大的孩子竟趁她不注意时,用沾泥带水的小手在鞋上摸,看起来那么开心欢乐。

她在农村的十几年生活,这双"解放鞋"伴她登上过优秀教师事迹报告会的讲台,伴她捧回了"全国新长征突击手"的奖牌,伴她在党旗下庄严宣誓……后来的日子里,各式各样的鞋穿了不知多少双,却从来没有在她的心灵深处蹚出这么深的足迹,留下这么多的爱恋。

丰收烟

20世纪70年代,家乡流传着一段顺口溜说:丰收烟,真是怪,只见抽不见卖,你说奇怪不奇怪。由益都(现在的青州)卷烟厂出产的"丰收烟",黄色的软烟盒,麦穗,很好看。有的人则把丰收烟戏说为"干部烟"。想来两毛三一包的烟算不上奢侈品,和干部的腐败更扯不到一块。主要是那个年头,市场物资供应太匮乏了,一斤猪肉才三毛钱。所谓的"干部烟"是逢年过节按计划给国家工作人员的凭票证供应物品。

丰收烟供应少,价格不算贱,拿工资的人也是偶尔买盒抽,你想,一个劳动日才几分钱的农民能舍得买丰收烟?即使谁家婚嫁喜事,也很少有丰收烟,而是几分钱一包的"大肚子"(金鱼牌烟)。有年春节,父亲将他供应的丰收烟拿回家,不舍得抽,让娘给他攒着。我听人说这干部烟多么好,悄悄拿了一包,和几个同学过了一顿"干部瘾",没觉得怎么好,同样是呛人。回家在挨了一顿责备之后,才知道父亲攒着烟不抽,是为大哥结婚时用的。我流着泪暗暗赌气:长大了我赔您十包一百包。

现在两毛多钱的丰收烟不见了,替代的是几十元一盒的中华,还有更贵的苏烟、云烟。每到逢年过节,我就给父亲孝敬条好烟,虽舍不得买中华,也买不到了丰收烟,而是十几元的红塔山、云烟……老人很高兴。

汶河，我的母亲河

汶河,古称汶水。源于临朐县沂山东麓百文崖瀑布之桑泉。因桑泉水俗称汶水故名汶河。流经临朐、昌乐两县,自大盛西山头村流入安丘境内。从西南向东北流经安丘78公里,至东北角的夹河套村东北入潍河,是安丘境域流经最长,支流最多的河。我的家乡就在汶河中段南岸。

没有哪个母亲不疼儿子,没有哪个儿子不爱母亲。我把养育我成长的汶河称为母亲河。汶河养育呵护着我的祖先,陪伴了我数十年。从我刚蹒跚学步,就在汶岸畔嬉戏。清澈透底的河水,像母亲美丽的眸子;那金黄柔软的沙滩,犹如母亲驮着我的温暖的脊背;那细浪微波,恰似母亲抚摸我的深情而疼爱的手。喝着汶河水慢慢长大,对母亲河的感情也日益增深。不到五岁的时候,常跟随母亲到河边洗衣服,大人们边洗衣服边尽情地说笑,欢声笑语溢满河床,随风飘荡。河面是那么得宽广,在阳光下闪动着银波。不远处一群赤裸裸的孩子在打水仗,溜光的身影在浪花里跳跃翻动,像鲤鱼跳龙门,似蛟龙出水。我被深深地陶醉了,再也控制不住自己,便一下子扎入了母亲河的怀抱。汶河母亲用她那宽广的胸怀接纳了我,我在这温暖自由的空间中挥臂蹬腿,很快就练会了扎猛子等一些戏水方法。虽然母亲河宽容地接纳了我,可当我不自量力时,她总是严厉地教训我。教我从幼稚走向成熟,从懦弱到坚强,抛却虚伪的外衣,留下实实在在的自我。

躺在沙滩,坐在草地或泡在水里,不知聆听了多少次、多少个母亲河的故事。当时最爱听、现在记得最深的是四十年代末,河南岸的共产党武工队与河北岸的国民党反动派残匪拉锯的战斗故事,故事告诉我,母亲河保卫了解放区人民的幸福生活。在"除四害"、大炼钢铁的年代,小小的麻雀被划为"四害"之列,在村落田间地头根本没有了栖身之处,被锣鼓声、叫喊声吓得满天飞,是母亲河的一片片绿洲挽救了这些弱小"含冤"的生灵。然而狂热的"炼钢者"在母亲河旁筑起炉子,砍草伐木,燃起堆堆火焰,到头来,在母亲河的身上留下了多少伤痕。焚烧了母亲河的秀发——成片的草木;成堆的垃圾渣玷污了母亲河的脸——河水改变了颜色,那是母亲河浑浊的泪水。历经多少年的复苏,母亲河以她那顽强的毅力,仁慈的爱心,焕发了生命的活力,水清了,草木绿了,母亲河又露出了欢愉的笑脸。

母亲河陪伴我走过童年,走进军营,但是,无论我走到哪里,她都在我心中,无时无刻我不在惦记着她。

每得闲暇,我必是偕妻儿去亲近一下母亲河。因为在那里既有我恩重如山、白发如霜的亲娘,也有我思念永远的母亲河。在亲娘膝下承欢之后,我们便沿着田间小路奔向汶河,一感到母亲河的气息,顿觉远离喧嚣城市的洁净,让人神清气爽,飘然物外。

轻抚老柳新枝,信步沙滩绿茵,犹如与母亲河相偎谈心。

人间正道是沧桑

我的故乡石家庄村,至今还流传着一个顺口溜:村前一道臭水沟,村后一片黄沙丘,冬春风沙压粮田,秋夏洪涝人人愁,庄稼十种九不收。这就是以前家乡的真实写照。后来,靠党的正确领导,村里的父老乡亲苦干十年,填了臭水沟,平了黄沙丘,把簸箕大小的地块连成了一片。老人们说:世道变了,这地也变了样。

几千亩粮田连成了一片,可真是美丽壮观,春季是清一色的麦田,横看成趟,竖瞅成行。秋天又是高低间作的玉米高粱和红薯。那时,庄户人想的是吃得饱,粮满仓,给国家多卖公粮。麦收、秋收的日子,村里的男女老少就忘记了白天黑夜。乡亲们无奈地说:三秋不如一麦忙,三麦不如一秋长,麦忙秋忙一年忙,只为地里多打粮。随着农业机械化程度的提高,慢慢地麦收不再忙,秋收也不再长,晚上耕种和收获大会战的场面一去不返了。上了年龄的老人们感叹:地还是原先祖辈种过的地,农活比原来都轻快多了,再不用肩扛人抬,一亩地就能打一吨粮,比过去产量高多少倍。

粮仓满了,钱袋子却还没鼓起来,粮食高产不高效的事村干部和年轻人看得最清楚,一亩菜园和一亩粮食的收入有着天壤之别。村支书在村民会上说:咱庄户人守着的是前辈留下的黄土地,但脑袋瓜要跟着时代变,不变就受穷……于是,大棚蔬菜、姜蒜、西瓜等经济高效作物,一年就种满了坡。几个年轻人还在早已闲置的场院屋里建起农副产品加工厂,把村里乡亲们收获的葱、姜、蒜、水果加工。直接在互联网上和韩国、日本等国家客户洽谈业务,每天都出口好几个集装箱。

星期日,我在村头遇到村里有名的"明白二大爷"。他说:"现在的土地真是神乎了,这几年种(挣)出来的票子越来越多,照这样,一亩地种(挣)出来的票子,有一天准能把地也盖过来。"是的,村里的经济发展太快了。满坡的大棚,白茫茫地连成一片,一眼望不到边,真像白浪滔天的海洋,一排排电杆多像船上的桅杆,过去的泥腿子农民,变成了商海的弄潮者。

我被眼前的美景陶醉了,这正是:改革春风暖人心,产业调整能富民,昔日家乡换新貌,疑是桑田变沧海,与时俱进谋发展,人间正道是沧桑。

金秋倩影

雨淅淅沥沥地下了一夜。黎明时的雨滴敲打着房前的梧桐树叶,发出噼里啪啦的声音。萧瑟的寒韵告诉我:秋,已如期而至。

清晨,我漫步在墨溪河畔,忘却了秋日的清凉,刻意寻觅着秋日的倩影。河床里泛着黄色的水草被雨水冲洗得干干净净,不见了春日的嫩绿和夏天郁郁的光泽。走近一泓秋水,莹莹的水里无滓、无垢、无色、无味,只有澄澈空灵的洁净,一望到底,一些叫不上名字的小鱼、小虾、小虫,在水草里游来钻去。无风,水面也无涟、无漪、无纹,寂然中显示着纯粹与绝对,恍若美神的幻梦。霎时,我一下子记住了秋水的美,纯洁、恬静、自然的美!

初升太阳的红光透过河边的树林,形成无数根白色蒙蒙的光针。天空依然飘着絮云,一团团、一片片,超然脱俗地在天风里徐徐而行。絮云飘过,湛蓝炫目的天际透着微寒的绿意,显得高远深邃,给我那么多的玄思妙想。悠悠飘过的云朵在无限的苍穹里不断展现新的图影,一忽儿像望不尽头的白色羊群;一忽儿又像奔驰的骏马;一转眼又变成堆积如山的棉花,这也许就是小时常听娘亲说的巧云吧。

远处的白杨树已开始落叶,裸露出铅灰色的躯干和粗细有序的枝丫。河边的柳树依然满树秀眉般的叶子,披上淡淡黄色,随风不时飘落岸边。岸畔的果树,红枣、柿子、苹果等沉甸甸地压弯了枝头,用各自不同的颜色告诉人们,秋天来了,我已成熟了!山头的松柏青翠依然,昂首挺立,似乎在准备迎接寒冬的挑战。在河堤那边的沟坡上,丛丛茅草披着银灰,衬托着一根根细茎高高举向天空的白穗,在阳光下晃动着,无数光点迷迷幻幻,透过轻盈的朦胧,好像华丽的金刚钻石舞动。

铁牛在不远的田地里来回奔忙着,高高低低的马达轰鸣,回响在空旷的河床,像优美粗犷的男中音,在欢歌秋天的厚实、壮美;在它的歌声中,翻起数不清望不尽的黑黝黝的波浪。耳畔,秋虫唧唧和着蝈蝈声声组成了颂秋交响曲,讴歌着生命的金黄!

人们常把人生晚年喻作秋天,这只不过是一种表面的时序类比。你看,秋有多美!没有了春日的娇艳,夏天的浮躁和冬的酷寒,唯有秋天最充实、最丰富、最热闹、最具有容量和重量。不正是这样吗?秋让所有的瓜果梨桃、粮食菜蔬成熟,谷子黄了,高粱红了,棉花白了。眼下虽多是收获后的田垄,但在这流风里,仍有浓浓的果香和秋天原野的特有气息。田垄地头的一切都能做证:一株野菜,一棵小草,都包有成熟的种子;一枚豆荚,一个浆果,哪怕是一根最粗糙的毛穗,即使被遗忘在田头荒坡,也将被风儿反复摇落下来,回归大自然的博大怀抱,孕育着春天的雨露和生命的复兴。

金秋,是春天的前奏!

野菜味香情更长

野菜虽比不上山珍海味贵重,也比不过精面细米吃着顺口,可我和它有割舍不了的情,因为那青油油的荠菜、灰灰菜、苦苦菜,在我心灵深处回响着一首终生唱不尽的歌。

在我朦胧的记忆里,能当饭吃的就是野菜。现在虽记不清那菜是什么名字,只记得用一种粗面拌着,吃起来是咸的还略有苦涩味。野菜的苦涩,更觉母亲乳汁的甜香。

读五年级时,是在三里外的邻村大儒林庄,中午捎的一顿饭,也少不了野菜。把野葱、野芹菜切碎放一丁点油盐,包到煎饼里烙熟,或和上玉米面、瓜干面蒸野菜饼子吃,吃着是那么香,因为母亲和家中干活的人轻易吃不上放了油盐的野菜。

逢年过节,母亲包饺子或包子,也是用的两种面,两种馅。一种是用麦子面包菜园里的菜,一种则是粗杂面包野菜。母亲看到我们狼吞虎咽吃得那么香,她却连那粗杂面的也很少吃,而只吃野菜。我问母亲,您怎么只吃野菜?她总是微笑着轻松地说:"我爱吃野菜。"

吃着野菜,我慢慢长大,似乎开始明白母亲爱吃野菜的道理。在那个年代也是野菜少,拔野菜的人多。而母亲从来不让我去拔野菜,只是反复叮咛那不知多少遍的话:要好好念书。

有次放了学,我偷偷拿了筐子去拔菜,这才更知道拔菜的人是那么多,野菜又是如此少,根本不是顺手采撷,而是一棵棵地寻觅,再一棵棵地采到筐子里。

想来母亲拔那么多野菜,要走多少路,要过多少沟沟坎坎,付出多少艰辛?母亲每次拔菜回来,就把筐里的菜倒在地上,如数家珍似的一样样分开,有时还一遍遍向我说着野菜的名字,洗干净后晾干或立即下锅做饭。

生活之舟把我从学校送到部队,又转业进城,远离了生长着野菜的黄土地,但从没有淡忘对野菜的深情。星期天、节假日总要到野外拔回一些野菜尝尝。有时母亲从乡下来城小住,我就千方百计地准备些母亲爱吃的野菜,用油炒,蒜泥拌,可母亲却说:电视上说,野菜成了什么绿色无公害产品,是稀罕物,你和孩子多吃些。孩子对野菜不屑一顾,总是埋怨我:奶奶来,你不好好用鱼肉伺候,老劝吃野菜。望着天真的儿子,心想,你还不能品尝出野菜的真正滋味,你又哪里知道它蕴藏着多少母子深情,蕴藏着多少无私的爱。

跟孙子学知识的快乐

两个孙子虽不满五岁,可我跟他们学习到了许多乐趣,领悟出不少道理。真可谓:三人同行,必有我师。

记得兄弟俩刚从产房抱出来时,眨巴着似乎迷迷糊糊、大觉乍醒的眼睛,四处寻觅着光亮和声响。透着淡蓝色的白眼球衬着黑色的眸子清瞰明亮,望着窗口透进的阳光兴奋的摆动着毛茸茸的头,两只手扒拉着,显露出莫名其妙的微笑。好像是在告诉人们:我来了。可见,阳光洒下的光明和温暖何等重要,连这刚出世的孩子也用力追寻。甜蜜的笑容那么温馨和纯真,丝毫找不到成年人的笑是那样复杂。

他们一天天长大,行为举止每一天都有长进。从躺着到翻身,也在须臾间。想要翻动身体,一侧用力,翻几下翻不动时,用一条腿做支撑,一次不行,两次、三次终于自己翻过来了。我和跟前大人们见他翻身,也不帮他,而是眼盯着他的举动,让他自己锻炼。翻过来了,大家一边笑一边拍着手,说些他还听不懂的赞语。

刚翻过来时,脖子根本没有挺住头的力量,使劲挺一会儿,再将头侧靠在床。很快就能自然地把头高高地抬起。如此看人和物的角度视觉感不同了,时常高兴地笑个不停,两只手使劲拍打着床铺。我们做任何事情不正是这样吗?看待问题多从几个角度观察,方能取得更为准确的结论。做事不宜急于求成,循序渐进,不怕失败,失败是成功之母。任何时候都坚持不达目的不罢休的信念。

从仰卧到翻身、抬头,四肢慢慢撑起身体。向前爬行都是在几日内熟练。很快,在床上是放不住了,一翻身就爬向床边。儿媳把家里的健身房辟出一域,铺设防滑垫让他们使劲爬。育婴师称幼儿多爬行,有助于四肢发育和智力健康。我牵动玩具小狗、小猫在前面跑,兄弟俩在后面爬着追,倒把我追得气喘吁吁。和他们比谁爬得快,孙子的动作是那样轻盈、快捷、多变,我的动作是相形见绌,像是没爬过,才跟孙子学一样,你追我赶,笑声阵阵。我根本记不得自己从仰卧到翻身、爬行的过程和感受,更谈不上其中的乐趣,从孙子的成长过程,得到意想不到的乐趣。

刚会走的时候,很难说清哪月哪日会走的。开始从爬行到扶东西站立,又从站立放开手,两手上下摆动,好像是告诉我:看我棒不棒?不用扶我会站了,从一步两步摔倒到起身就跑也是那样快。走着走着又踮起脚,做个花样动作,显得是那样滑稽。

虽然每天只让他们看十几分钟的电视少儿频道节目,但是很快就从中学了不少招数,两手形象地比画着,嘴里发出哈、哈、哈的喊叫。若是和他们对接一下,兄弟俩就更兴奋来劲,直到把我"战"倒投降。

人的爱好、兴趣往往是随年龄的变化而改变的,从孙子的成长也得到验证。不到一岁时,保姆抱着他们,不管到室内室外,一切都会让他们睁大眼睛。喜、怒、哀、乐,瞬息于面部表情。望见镜子里的自己大笑大叫,拍打着鱼缸,恨不得把鱼抓出来。第一次见到院子里的小狗,便惊恐地抱着大人的脖子,露出警觉的眼神。第二次再就不怕了,想使劲挣脱大人的怀抱,和小狗近距离接触。我们在生活道路上也是如此,对新知识都是从不认识到认识,从感性到理性的升华。随着年龄变化,思维方式也随之变化。幼儿、童年、青年等每个成长过程,都会对自己已往的言行举止感到不可思议的迷茫,有时会产生:那是我说的吗?是我做的吗?一天,走到一个社区的平台,两个人不约而同地跑上台子,抓住手中的玩具当"麦克",绘声绘色地演唱起来。随即我给他们录制了下来,让他们长大后重新全面认识自我。

我在一个求知欲极强的孩子面前,深感掌握的知识太少。即使那本集历史、自然、哲学、天文、地理于一体的《十万个为什么》也显得苍白无力。孙子们会随时发问一些你想不到,又难一时解释清楚的问题。总让我尴尬不堪,甚至无地自容。儿子叫我一声"爸爸",他会天真地问:爸爸叫你爸爸,那你的爸爸呢?去世了。为什么要去世呢?望着天上的小鸟,自然会问:它们为什么有翅膀会飞,我们不长翅膀呢?使我无言以对。

《三字经》开篇就说:人之初,性本善。性相近,习相远。苟不教,性乃迁。教之道,贵以专…孙子们正是如此,一言一行都露出善的本性。见到大人就笑嘻嘻地问好,见到院子里小狗小猫叫,就会问:是不是饿了?是不是想爸爸妈妈了?把自己爱吃的东西给它们一些。去托儿所第一个学期,兄弟俩都得了奖状,高兴劲就甭提了,一蹦一跳跑回家,奖状捧着不放下,要大人给他照相留念。再三叮嘱妈妈放在好地方,千万别丢了。足见人的自尊心,荣誉感,是天生带来,是人生的基本底线,是成长进步的力量源泉。

因为种种原因,兄弟俩性情有差异,老大文雅恬静,老二强壮豪放,但在生活中,礼让成为他们的好习惯。老大偏爱鲜艳的颜色,素淡饮食,老二不拘一格,口味重。买回的新玩具,老二总让老大先挑。问他们为什么这样做?他们会说:孔融七岁能让梨,我们才到五岁,但我们是好兄弟。人类社会生活中,的确需大力弘扬这种精神,人人友好相处,保证社会健康和谐发展。

有时给他们买来崭新的玩具,玩一会儿就会把玩具拆卸得七零八落。问他们为什么不爱护玩具?得到的是意想不到的回答:爷爷,你们为什么给我们买玩具?学习,玩啊。那不知道它是怎么前进、倒退、发光,怎么能学?好,那就拆吧,遇到神童了,几句话就把我呛得说不出话。想来,学习就是这样,任何时间,任何空间都不能不学习,不学习就不会进步,学就得像孙子这样虚心好学,不耻下问,学无止境,不拘模式。

孙子们的玩具很快占领了我的酒柜、书柜。在翻看家中的影集相册时,看到我那么多穿军装的照片,总是不住地问,你当的什么兵?你打过仗吗?你现在怎么不当了?能带我们到你们部队看看吗?知道爷爷当过兵,兄弟俩从此喜欢上了军装、枪炮、飞机、坦克,连看电视也由原来的《熊出没》换成了《好兵顺溜》。模仿好兵顺溜的语言、动作,就连早上去托儿所们动作也快多了。还骄傲地说:我比好兵顺溜动作快!学好兵顺溜的军事动作惟妙惟俏。躲在沙发后、墙角瞄准,如临大敌特别严肃。问他你为什么躲着观察、瞄准?他们能准确迅速地回应:防止敌人发现,又能打敌人,好兵顺溜就是这样。还顺手指向前方。俨然像个临战的勇士。

我利用现代化科技手段,把他们俩诞生以来的言行举止,重要活动和成长节点录制下来,过一段时间就回放看看,既是孙子成长的纪念,又对他们的培养教育也很有帮助。他们自己看了过去的自己,高兴得手舞足蹈,有时又露出莫名其妙的微笑沉思或羞涩表情。我不能和孙子一起的日子,打开手机、电脑看到这些,就像和他们一起一样幸福愉悦,旅途的疲惫,工作、生活中的那些不快都跑得无影无踪,心中唯有的是欢乐,有的是和孩子一起生活的充足。

第二编
慨悟沉沉

生命无论走到哪个阶段，都应珍惜那一段时光，完成好那一段该做的事情。顺生而行，不忘初心，理智地期待未来。时刻不能忘记：在穷时，能无私支援我们的人；在难时，背后力挺我们的人；在苦时，一起同舟共济的人；不懂事时，也能读懂我们、悉心指教我们的人。和这些志同道合、充满正能量的人在理想的路上奋力前行，是人生之大幸。

——题记

追踪龙迹

龙是我国古代神话传说中的一种动物。尽管现实生活中没有,我们却经常听到龙的名字,百家姓中有姓龙的,十二生肖中有龙,众多的地名里也可以龙为名:如山东的龙口、湖南的龙山、江苏的龙潭、浙江的龙井等,数不胜数。

在复杂的汉语语言文字中,龙也层出不穷,如龙盘虎踞、龙潭虎穴、龙飞凤舞、龙凤呈祥等。华夏各地名胜古迹龙的各种艺术形象也跃然其上,如北京故宫前的华表、北海公园的九龙壁,民间习俗元宵节的耍龙灯,南方在端午节有龙舟竞渡。这一切告诉人们,龙是中华民族的象征。有一支歌曲《龙的传人》唱得好:古老的东方有一条龙,他的名字叫中国;古老的东方有一群人,他们都是龙的传人……

在生活中既然没有龙这种动物,龙是什么模样?又是怎样来的呢?在我国殷墟的甲骨文中,已有了龙字,字有繁简四体,从繁体看,龙似乎是一种有头有角、大牙、文身、弯曲的动物。训诂书《尔雅翼》中谈龙有似:角似鹿、头似驼、眼似兔、项似蛇、腹似蜃、鳞似鲤、爪似鹰、掌似虎、耳似牛。在《三国演义》中描述的龙是:能大能小,能升能隐;大则吞云吐雾,小则隐介藏形;升则腾于宇宙之间,隐则潜于波涛之内。在各地出土的文物中,也可以看到龙的形象,有的像虫,有的似蛇,有的如兽。在铭文中,也有多种龙的象形字,形态各异,有百龙图之说。

考古史料认为,龙是由原始"图腾"演变而来的。而"图腾"是原始社会每个民族把某种有生物或无生物(多为动物)作为本民族的象征保护神,刻画在自己的身体或日常用具上,希望得到"图腾"的保护,强化自己和"图腾"间的联系。古代吴越民族是以龙为"图腾"的,流行着一种断发文身的风俗,以表示本族的"龙子"身份,并把每年端午节作为龙的节日。在我国漫长的封建专制制度下,历代帝王把龙强以特权据为已有,规定五爪的龙,黄色(古代以青、红、白、黑象征四方,黄色为中央)的龙为皇帝专用,穿的叫"龙袍"、睡的叫"龙床"、坐的叫"龙椅"、拄的叫"龙杖",连他长的模样也叫"龙颜"。明代青花瓷官窑的龙则是三爪或是四爪的。在生产力低下科学不发达的旧中国,人们把龙和自己的生产生活联系,充满着无限神秘性。东晋《抱朴子》称龙为雨师,辰日称雨师者,龙也。从这部对道教、化学、制药理论发展有一定贡献的巨著里可见,龙是行云布雨的神灵。龙治水的迷信,还印在旧时的皇历上。皇历大都印十二生肖图。并印有"几牛耕田""几龙治水"之类。人们便根据皇历上的"几龙治水"来推测旱涝。所谓的"几龙治水"是第一个辰日在正月初几,这一年即为几龙治水;如若是大年初一是辰日,则是五龙治水。农耕社会,靠天吃饭,乞求风调雨顺是大事,因此,一代代修建龙王庙,一年年烧香磕头拜祭龙王爷,四海龙王,五方龙王,一汪浅水可称龙潭,一条沟渠莫不卧龙。在他们的想象中,龙是无处不有,无处不在。

现代生活中常见的近代龙的形象,同古代所描述的龙显著不同,这是勤劳智慧的劳动人民把各种龙的形象集中、幻想出来的,带有浓厚的浪漫主义艺术色彩。

我国人民对龙的形象有久远特殊的情缘,它反映了人们渴求繁荣兴旺,强盛正义的愿望。不忘初心,励志前行为民族复兴高歌猛进的今天,龙又赋予了新的含意,抒发着亿万人民振兴中华、腾飞世界的豪情壮志。

酒饭局刍议

俗话说:无酒不成席。席间喝酒吃饭,方成一场完整的酒饭局。

酒饭局三五人,乃至十几人或更多,视情而设。如仨俩知己好友亲朋欢聚一起,不为什么事,顺手备几个小菜,略酌几杯,谈古说今,世情传闻,想到哪里说到哪里。这种酒饭局的确是增进友谊感情的良机。然而,生活中的大部分酒饭局不是如此简单,而是有组织、有目的,蕴藏着不少玄机。难怪有人说:组织应酬不好酒饭局,就处理不好社会生活中的人际关系,抓不准工作中的轻重缓急,就不算是一个思路清晰,处事缜密完美的人。

组织酒饭局,首先要考虑为什么设局,请何许人入局。前提自然是大事设大局,小事备小局,标准的看人下菜碟。玩的局,主要看相互关系的投机;办事的局,既要看档次水平,还要掂量入局者对事情成败的作用。组织者根据设局的目的,人员的档次确定设局标准。入局者根据邀请者的分量,预先考虑入局遇到的问题,带不带礼品,带什么样的礼品。有时,也直接探问组织者,需要我做什么吗?组织者一般是回应:纯玩,好久不见,想念了。

大部分设局的时间在晚上、节假日。这样外界干扰小,推辞少。主要宾客需提前邀约,次要人物则托携从者通知。邀约时通常把最主要的人说出来,以提升设局的分量。约好时间、地点,自然要寒暄些客套话:好久不见了,大家一起坐坐,吃个便饭;在哪里开张了新酒店,很有特色,很卫生,有您最喜欢吃的,请务必届时光临哦。

主人要先到现场安排一番,从餐桌摆放位置、桌面布置无一落漏。并煞有介事地告诉前台后厨,今天是接待什么客人,如大机关来的领导,远方来的贵客,说些是宣传咱们酒店的好机会之类的话。启发服务人员要重视,以确保饭菜质量和服务水平。

忙了一圈,再拿起电话拨打主要客人:到哪里了?需不需要去车接您?到了,到门口了。个别到得晚的,自然有很多冠冕堂皇推辞:刚散会,今天的事特多;或来的客人刚送走……马上出发。晚了,总得找个像样的理由。

人到齐了,就安排座次。主人坐主陪(进门的正面),右边为主宾,左边副主宾,主陪的正对面为副主陪,副主陪右边为三宾,左边为四宾。其他座次经过一番谦让后相继就座。常规是年长、位高权重者先坐,或择其趣味相投的坐在一起。副主陪需酒量大能喝,察言观色能说,有影响力,鼓动性,还要知晓酒饭局组织的目的,入局人员情况。一个酒饭局成功如否,副主陪有举足轻重的作用。

副主陪见诸位坐好,便谦恭地告诉主陪,人到齐了,请发表祝酒词,开席吧?

主陪环视一下。好,说上几句。自然是欢迎大家光临,感谢赏光。即便酒饭局还有其他目的,都暂且不提。却忘不了把入局者介绍一番,忘不了介绍时把每个人的身份职务提升一下。科员介绍为科长,护工介绍为院长助理,经营个小超市的冠名王总、李老板。总之,入局者都有头衔职称。大家对主人的介绍很满意,介绍到自己时,笑容可掬地会心招手点头,真像领导接见的那个样子。很少有摆手摇头否定这种临时加升。这样的好处,在提升宾客层次的同时,也肯定了酒饭局的档次水平。

主人将入局者介绍得心里热乎乎,暖洋洋的。接下来要求酒的喝法。明确一些不成文的要求。大家聚聚是为加深感情,增进友谊,不仅是只为喝酒吃饭。虽说君子之交淡如水,但太淡了就没味了。宾客随着哄堂大笑。主陪手一挥,来把白酒都斟满。

酒饭局有些规矩:满酒浅茶。酒斟的满满的,一是表达诚意,二是为端杯时滴酒罚酒找好由头。都是实在人,就按实在的办。能喝不喝是不实在,不能喝硬喝也是不实在。参加酒饭局就没有不能喝酒的。言外之意,来了就得喝才实在。

主陪确定第一杯酒的喝法。为感谢诸位光临,我先敬大家三杯。酒喝到一半,副主陪再敬,喝上第一杯。这个共同项目,又是敬酒,是入局的态度问题。大家都很痛快。副主陪敬酒次数要比主陪少,分开等级层次。主陪敬三次,副主陪就二次,主陪敬四次,副主陪就敬三次。但两个人的敬酒次数,合在一起是有说道的吉祥数(四次是四喜;五次是五魁首;六次是六六大顺;七次是巧七;八仙寿,九长远,十全十美)借机活跃气氛。

主、副陪敬酒后,就依次三、四陪敬。也有为节省时间,避免相互谦让,不分宾客依照顺时针或逆时针轮流敬酒。敬酒者大部分站起来,毕恭毕敬地说上几句祝福客气话,然后一饮而尽,表示诚意。酒局进入这一步,就可不难看出敬酒、被敬酒两者的地位、关系和态度。位高权重,你敬酒很难排上号,排上了和他碰个杯,他只会象征性喝一点。

集体项目结束,进入单兵教练阶段,自由结合找喝酒对象。这时,都几杯酒下肚,个个面色红润好看,说话也少了遮拦,劝酒辞令一套套地呼之即出:感情深,一口闷,感情浅,舔一舔;酒杯一端,政策放宽;事情办不办,端起酒杯见;你不喝我不喝,感情友谊走下坡。还有些感情方面的荤词:激动的心,颤抖的手,妹给帅哥敬杯酒,希望不嫌相貌丑,喝了酒再拉我的手。引起满堂大笑,被敬酒的人受到刺激,自然仰头一饮而尽。男士敬酒则多用一些豪言壮语:

人在世上走,不能不喝酒;酒是粮食精,越喝越年轻;一两二两漱漱口,三两四两刚顺口,七两八两正来劲,一斤喝了精神抖。

若需私下交流也进入情况,交流名片、电话号码、建立微信等。

酒局上也不能只为喝酒而喝酒,但总离不开酒。借酒那种豪放的感觉,做情感的释放,是一种心灵的解压和超脱。将事融入酒中,酒在杯中,杯捧手中,心在酒中。人生的起起落落,如同这酒局,百态尽显。此时此刻的局面有的称兄道弟套近乎,有的勾肩搭背悄悄私聊。那些联系群众,体察民情的领导、主陪忘不了自己的形象和责任,起身举杯单个敬酒,这是酒局的最高礼节,服务员紧随敬酒人身后。主陪敬酒举杯到面前,到谁跟前都快站起来,举杯而尽,两者顿感亲近了许多。

酒局从一个高潮推向另一个高潮。有人便开始做酒文章,高声提议说:白酒不敢喝了。副主陪便喊:服务员,搬啤酒,开红酒,备洋酒。已经喝出了白酒的豪爽,再把喝啤酒的大气,红酒的浪漫,洋酒的身价亮一亮。喝酒花样也随之层出不穷。大的啤酒杯放上一个斟满白酒的小杯为"紧急下潜";喝一杯白酒,接上一杯啤酒或红酒"土洋结合,招商引资";两人换杯酒,是"不分你我,关系铁"。

酒局虽一片活跃热闹,也可发现因年龄、地域、职位在其间的影响。就年龄而言:五〇、六〇后沉着迎战,端起杯酒,少喝一点,解释半天;七〇后八〇后真喝实干,白酒啤酒红酒都可掺,大杯小杯,来者不拒,举杯张嘴就干;九〇后〇〇后细语轻言,端起酒杯讨价还价,杯中酒水真假难辨。因为在酒局,他们是年龄小,是后来者。有保护领导,照顾长者的责任,更想在酒饭局现场学习历练,要努力保证稳重、干练,应对取悦好之每个入局者,做到不因酒精的麻醉而多言、乱言、失言。

主陪能审时度势把控局面,举杯向还不提议吃饭的主宾(酒局潜规则,由主宾和副主宾提出吃饭)我再敬你一杯,加深一下? 主宾这才明白过来,好了,好了,咱们吃饭吧。主陪顺势爽快应承:好,上了吃饭。

副主陪立呼:服务员,有什么饭?服务员如数家珍一一报上。有的宾客也许菜吃多了,酒喝高了,抑或是客气,酒足菜饱了,不上饭了。有人接着跟上调侃:要酒足饭饱。喝酒不吃饭,此局刚一半。在北方大部分地方喝酒后必须吃饭,一方面是对参与酒局者的身体保护,二方面是对主人的礼貌。因为喝酒不吃饭暗示了入局者对酒局的不满意。饭也有讲究,迎客饺子,送客面。时间紧了上套饭。外地客人上本地特色名吃。学生升学,老人祝寿,结婚等喜庆总要吃面条,寓意福寿长久,情谊红运长远。

主陪简要小结:今天条件有限,招待不周,望各位谅解。没有喝好尽兴的,找机会再补课。来,全家福,全家乐后吃饭。于是大家扶桌子推凳子,形态各异地站起来,举杯一饮而尽。并习惯性地将酒杯在酒桌上方倒一下,表示自己喝的干净。那豪放、爽快的气质,真有李玉和赴宴,"浑身是胆雄赳赳"的感觉。

吃饭各人根据情况,择其所好,象征性地吃一点,因有劝酒不劝饭之说。主陪见大家吃罢后宣布:散局。于是大家起身穿衣,找包,拥门而出,又是一番握手,拥抱,咬耳悄谈,有些依依不舍的样子。在挥手告送别主要宾客上车离去后,众宾客才步履蹒跚,摇摇晃晃地离散。

酒饭局组织的是否成功,不仅要看过程中大家的欢乐程度,交流互动的和谐,还要看散局时的气氛。没有叫的闹的,没有不欢而散提前离席的,没有语言粗俗坐在席上不走的。个个能高兴而聚,欢快而散,让酒饭局为生活增光添色,留下美好回忆。

现在的酒饭局组织、参与者还多了一项责任,明确开车不喝酒,喝酒不开车。人人来回平安无事,这个酒饭局才算画上完美的句号。

据《神农本草》所载:酒,起源于远古神农时代,在我国有悠久的历史。史料普遍认同有猿猴造酒,仪狄造酒,杜康造酒三种。祖先发现、酿造出那么多美酒,冠有玉友、玉液、金浆、福水、曲秀才等好听的名字,但是,因酒成功、成事、坏事、误事的史例多多。李白、杜甫等大诗人饮酒斗诗传为佳话,武林醉拳威震八方。然而,关公大意失荆州,诸葛亮挥泪斩杀的马谡,据说都是饮酒过量,酒壮英雄胆,不听他人劝而致。

饮而不醉,不在于有多大量,关键是如何把控好自己的度。没有了度的约束,再大的量也会吃亏。

日常生活工作中,面对同样的问题,与局者什么样的地位,什么样的出发点,就会产生不尽相同的认知结果。酒饭局也不例外。传闻北宋大文豪苏东坡到大相国寺,看望他的好友佛印和尚。不巧,佛印外出未归。苏东坡就住在禅房等。抬头看到墙壁上有一首佛印题写的诗:"酒色财气四堵墙,人人都在里面藏,谁能跳出圈外头,不活百岁寿也长"。苏东坡看后略有所思,随即在佛印的诗旁写道:"饮酒不醉是英豪,恋色不迷最为高,不义之财不可取,有气不生气自消"。过了几天,宋神宗赵顼在王安石的陪伴下,也到了大相国寺。看到佛印和苏东坡二人的题诗,感觉十分有趣,就对王安石说:爱卿,你何不和上一首? 王安石欣然命笔,挥毫写道:"无酒不成礼仪,无色路断人稀,无财民不奋发,无气国无生机"。宋神宗大为赞赏,也乘兴题写道:"酒助礼乐社稷康,色育生灵重纲常,财足粮丰家国盛,气凝太阳定阴阳"。这是一组围绕酒、色、财、气的诗,由于作者所处地位和格局不同,就产生了不同的认知评价观念。佛印和尚的诗从证悟佛家之空性来谈,提倡四大皆空和酒、色、财、气绝缘,出离世间,是佛家出世思路,是内圣之法门;苏东坡的诗强调酒、色、财、气,关键把持一个度,是中庸之道,是从儒家个人修身而谈;王安石和宋神宗从酒、色、财、气,对国家大格局的作用,充分肯定酒、色、财、气所蕴藏的积极因素(一个是相国眼界,一个是帝王的天下大格局),且属王者之道。故一人一道,诚不欺我。

社会在不断发展进步,为酒饭局也注入了更加丰富多彩、健康向上的文化内涵。虽同样是一个酒饭局,却不纯为酒饭而聚,酒饭只是个由头。酒饭局早已成为人们调剂生活格调、增进友好相处的纽带,是社会和谐共处发展的重要部分。

看下象棋遐想

在住宅小区的居民活动场所,由中国体彩捐赠的象棋桌、靠背椅,很少有人问津。偶尔有顽童想取出棋子,却怎么也取不出。原来,棋盘设计策划者煞费苦心,让棋子只可在棋盘上动,但离不开棋盘。

小区有很多象棋爱好者,从来不光顾这棋盘。习惯带上凳子和自己的象棋桌,围坐在楼头树荫下对弈。有好奇者问为什么?那几位棋友不约而同地答道:那棋盘下着没劲,找不到象棋搏杀的感受和气氛,下象棋就要如临战场铿锵有力,落子有声。

他们常用的是个普通的旧木桌,用黑漆画的棋盘。字虽写得不好看也不上体,能认得出"楚河、汉界"。各自一方还写有勉励词"棋逢高手难藏幸,将遇良才好用功"。字迹也模糊不清,明显地看出是棋子碰叩的痕迹。

常对阵博弈的是老张、大刘、小王和小马。观看了几次他们的棋路和招数,足见都没有熟读象棋棋谱,也上不了国家象棋比赛的段次,就是在一起玩。尽管是闲耍,也把棋手们习惯、性格在棋局中表达得淋漓尽致。

四人下棋的风格,经常影响着棋局的输赢。老张走棋稳,每一步都经深思熟虑,又像犹豫不决。周边有几个看下棋的一吆喝,他总觉得这个说的有道理,那个说法也不错。听来听去把自己的正常思路打乱了,更不知如何是好。

大刘的棋是求胜心切,喜欢猛冲猛打,习惯就是开局当头炮。棋子把棋盘砸得咔咔响,用他自己的话说:围棋是文棋,象棋是武棋,就要炮轰马踏,刀光剑影。

小王下棋是善于攻心战。双方还没布好阵,他就开始不停地说:这一次你肯定输,看我怎么把你杀个人仰马翻,片甲不留。在心理上先扰乱对手。然后,每走一步都会说我这次先吃你的马,再踏你的车,直取老将,你认输投降吧。和小王下棋若没有良好的心理素质,不绝于耳的挑衅性迷局言辞,使其一上阵就会自乱阵脚,产生情绪化,你让我输,我偏要赢你。心智一乱,棋艺平平,输自成定局。

小刘虽学棋时间短,可他知道一些走棋的说道。"当头炮、把马跳。炮不轻发,马不躁进,车不迟开,不枉走一步"。尤其是有主见,有自己的思路,不被旁观者指指点点所左右。围观者的建议他听,不一定采纳照着做。遇到小王一样的对手也把他无法。因为小刘的心态和心理素质极好,棋盘上你来我往拼命厮杀,他心静若处子。他知道:战胜对方靠真功,善于发现敌方弱点,不失时机地攻击。不怕大刘大刀阔斧横冲直撞,不怕小王的喋喋不休,也不惧老张的磨叽。旁若无人,眼睛盯着棋盘,心底想着全盘,有时还能妙设一个套让对方高兴地钻,等发现中计已悔之晚矣。

俗话说:当局者迷,旁观者清。实际上也不尽然。一场棋局博弈的胜负,不仅取决于棋手的技能天赋,还要能灵活处置棋局中的千变万化,不偏听偏信,不被旁言所左右,胜而不骄不躁,激而不怒不急,挫而不丧心乱志。观看者往往是眼光和思路局限于一、二步,也未必是真清。"不谋全局者,不足谋一域;不谋万世者,不足某一时"就是这个道理。

一天中午,一个十四五岁模样的少年,见大刘一人守着棋盘等人,就上前搭讪道:大叔,我陪你玩两局可以吗?大刘不屑一顾地看了看少年,心中想,你会玩吗?反正闲着也是闲着,就教教他吧。看我一炮轰得你不知咋走。

摆好棋子,少年主动很有礼貌地伸掌示意:大叔请。大刘也不客气,一个当头炮。少年不紧不慢、不温不火一个"把马跳",保住中卒。你来我往又走了几步,不知不觉大刘陷入劣势,急得头上冒汗。被少年连杀三局。一直听到掌声响起,大刘才抬起头窥视着周围观棋人,连声夸奖:后来者居上,让我开眼界了。自此,大刘下棋不再上去就是当头炮,棋子也不叩棋盘,连说话嗓门也小了许多。

我们的社会公众娱乐,也有很多不成文的规矩,原则上是文明礼貌,强身健体,愉悦心情。比如下象棋和观棋者就有"观棋不语大丈夫,举棋无悔真高手"的善意劝勉。实际生活中,观棋者没有不喊叫的,有的甚至越俎代庖;对弈双方也屡见因悔棋、言辞不雅使玩乐不欢而散。我们每个人都应从点滴小事做起,对社会少一些抱怨、索取,多一些奉献、付出;对周边的人少一些冷漠、指责,多一些理解、关爱和温暖;对自己少一些悲观、懈怠,多一些梦想、努力和追求,共同营造和谐文明、自由平等、安定团结、繁荣昌盛的社会大环境。

帽子面面观

1966年5月,在中国大地掀起了一场史无前例的运动,此后的十年里,"帽子"满天飞,极大地影响了社会安定团结、繁荣与发展。笔者集录了部分称谓不一的"帽子",旨在让人们永远不忘沉痛的教训。

被捕过的革命者是——叛徒;从国外回来或者做过地下工作者是——特务;旧军队起义人员是——军阀;对方针对政策提过意见的人是——反党分子;领导干部是——走资派;曾意见一致,后持相反意见的人是——投降派;想在事业上有所作为的人是——野心家;与某些被迫害的领导人有过联系,观点和意见一致的人是——黑线人物;和受迫害的领导人照过相的劳动模范、先进人物是——工贼;不满林彪、"四人帮"而有所言行的人是——现行反革命;上级派下来不合造反派意的人是——黑手;红卫兵造反派不喜欢的知识分子是——黑秀才;提高人民群众的福利是——经济主义;民主革命时期参加革命的同志是——民主派;缓解矛盾,提倡批评与自我批评是——中庸之道;受蒙骗而有所觉悟的人是——变色龙;敢于说公道话的群众是——小爬虫;保护革命干部的人是——保皇派、绊脚石;老实厚道的人是——老好人;做好人好事的小朋友是——小绵羊、小修苗,年轻新干部是——新生的资产阶级分子;批评上级是——攻击领导;不敢说话是——暗中盘算;闭上眼睛是——怀恨在心;建立健全规章制度是——条条框框、管、卡、压;关心群众生活是——小恩小惠、拉拢腐蚀;实行按劳分配是——扩大资产阶级法权;自觉遵守纪律是——奴隶主义、驯服工具;钻研业务技术是——走白专道路;努力工作,提前完成任务是——唯生产力论;学习过去和别人的长处是——经验主义;本单位没有坏分子是——阶级斗争熄灭论;只适合男同事干的工作是——大男子主义;火车安全正点是——业务挂帅,宁要社会主义的晚点,不要资本主义的正点;保护正常生产是——以生产压革命;戴红领巾是——复旧;穿花衣服是——低级趣味;烫发是——资产阶级生活方式;谈恋爱是——黄色下流;梳小辫子是——缺乏革命精神;扎小髻儿是——政治上的幼稚;梳鬏是——封建残余;照逆光照是——向往黑暗;文化考试是——智育第一;作业评分是——分数挂帅;将科学技术搞上去是——卫星上天、红旗落地;学习雷锋是——不搞阶级斗争;体育竞赛是——锦标主义;出国考察学习访问是——里通外国;发奖品是——物质刺激;货物进口是——洋奴哲学、崇洋媚外;循序渐进是——爬行主义;收听国外节目是——偷听敌台;自杀是——畏罪自杀、自绝于人民;增加群众收入是——金钱挂帅;默默无闻的工作是——只低头拉车、不抬头看路;帮助犯错误的同志是——和坏分子同流合污、穿一条裤子。

　　好在"帽子"年代已经过去,形形色色的"帽子"早就被扔进历史的垃圾堆,人们以崭新的风貌,创造事业的辉煌。

世间万事皆有缘

笔者在微信头像标注了一个"缘",虽然我不是纯粹的宿命论者,但我崇奉人生世事的缘。佛家认为:缘是命,命是缘。

缘,有缘由之意。实际生活中缘有多少,难以数计。无时不有,无处不在。因为寒窗苦读,成就了同学;因为保家卫国,成就了战友;因为"三观"相同,情投意合成就挚友;因为千里姻缘,成就终生眷属……

在生活中我们首先要识缘。只有知缘、识缘,才能少一些误解、困惑和烦恼,多一些睿智选择和努力。人生,就是一种选择和搏击。选择好自己前行之路,而不是选择好走之路,好走之路不一定适合自己。天上不会掉馅饼的,天道酬勤,地道酬德,人道酬诚才是硬道理。"不以物喜,不以己悲",始终相信一切有缘。

惜缘,大千世界,林林总总,数不清的人和事。喜、怒、哀、乐皆和善缘、恶缘、福缘有关。不管何缘且当珍惜,方可去恶扬善,好的发扬光大,劣的吸取教训。在漫漫人生旅途,会遇到各种各样的人和事。有的人似荷,宜远观赏美;有的人似风,擦肩而过不必在意;有的人如茶,值得细品;有的人像高山大树,可与之相依一生。总有投缘者安然而至,温馨守候,不离不弃。这些人虽不是最先认识的人,也不是乍见之欢的人,而是认识了就舍不得离开的人;是愿意彼此敞开心扉倾诉的人,是善于锦上添花,更愿雪中送炭的人;是各自忙碌,又相互牵挂,相互珍惜的人;不需刻意想起,因为心中从未忘记的人。情缘再深,不懂得珍惜也会淡,再好的关系不去维系也会失散。人之交,知于缘,交于情,敬于德。没有真心莫论珍惜,没有付出难得回报。诚是根本,再好的缘分也经不起虚情假意的敷衍,再深的情也需用纯真、朴实的情来养护。

好好珍惜我们遇到的人和事,不知下辈子是否相识相遇;好好感受生活的快乐,因为时光转瞬即逝,一去不复;好好善待生命的时时刻刻,生命之树不会长青,大自然赋予我们的生命只有一次。

随缘而适,是一种积极乐观进取的态度。顺其缘但不盲目跟随,不抱怨,不躁进,不苛求,随缘不随便。缘来知缘,缘在惜缘,缘去随缘。得之坦然,失之泰然,随性而往,随遇而安,一切随缘。有些人和事无须过于较真,大道则无道。时间和实践会证明一切。世间事,世人度,人间理,人自悟。跌宕起伏的人生路,再乐观也会遇到触疼心身的伤痕,只要悟透缘字,持顺其自然、宁静纯净的心,一切皆可随之而去。山谷易满,人欲难平,酸、甜、苦、辣皆有真味,世间万事皆有缘。

春的消息

  我早就盼望着春的消息,期盼大地万物复苏的日子。
  那日一场春雨,恰是举国"解放思想,整肃发展环境"大会的翌日。虽是乍暖还寒的日子,那山窝沟旁仍有寒冬的积雪,偶尔吹来一阵冷凉的风,却与冬天扫荡大地的寒风全然不同了,它以宇宙间浑然充沛的生命元气,使僵缩的万物舒展、生机勃勃。汶河河畔晨练的人们望着即将顺畅的河水,不约而同发出由衷的感慨:解冻了!解冻了!春水流过来了!
  残留的冰雪在春水的荡涤下,顺流而下。这顺流而下的春水,不正像华夏大地,在"解放思想,整肃发展环境"的今天带来的新景象吗?南方来的归燕虽还未至,但它那对回春大地期待的呢喃,早已传到了这里。发展吧!与时俱进!大地南北都在变,我一路飞来,一路春消息。
  又是一夜春风,风里虽有寒意,但我已感到这是摧枯拉朽的春风,是标新立异,让大地万紫千红的春风。在春风里,随处可见塔吊耸立,顺着景观大道南望,一片碧绿的湖水拥着秀美的"宝岛",湖面上飞着的鸟儿,互相传诉春的消息;向东望,那片片绿野上,人们耕耘着丰收的希望;回头北望,宽敞的大道上,车马如梭,南来北往,正在为新的经济发展注入活力;朝西看,牟山隐隐的钟声,告诉青云山头的青枝绿叶,你真的好漂亮!青云山上,齐鲁民俗村的大戏台,正在齐演振兴经济的大合唱,傣族山寨,蒙古包里,图腾广场,游客络绎不绝。这正是经济复苏昌盛,文化的繁荣,青云山的美景引来了天南地北的朋友。伴着庵上公冶长书院的读书声,青云学府业已落成。老龙湾的潜龙,你可知道青云湖那宽阔、洁净的浩波能让你一展身手!

又是一场春雨,又是一阵春风,送来喜人的春消息。山更青了,水更清了,灿烂阳光照耀大地,千山万水无不充满春的勃发生机。

下雪的日子真好

时令真准,在大雪的这天飘来了雪花,我早就盼望下雪的日子。

下雪的日子真好。不用撑伞,不需雨衣遮挡,任凭雪花恣意飘落。飘到身上湿不了衣服,却像被披上银色盔甲,落在脸上是沁人肺腑的凉爽。满天雪花,犹如春日的柳絮,飘飘摇摇,纷纷扬扬,无声无息,做出千百种婀娜的姿态,没等记住它的俏模样,就匆匆飞向远方,偶尔捧在手上一个,在你凝神端详的瞬间,已变成晶莹的水滴。夜晚的雪花,发出闪闪的银色光辉,照耀前进的道路。

下雪的日子真好。清晨,总使人耳目一新,一夜之间,室外变成了银白世界。真是:忽如一夜春风来,千树万树梨花开。在冰封大地的寒冬里,能点缀风光的就数雪了。房屋披上素装,树木挂满琼花玉枝,远方的山峦、田埂、沟坎连成一片,若登高远望,定会触景生情。毛泽东那气势磅礴的不朽诗篇就会脱口而出。早起的人们舍不得玷污雪地的白,打扰雪晨的静,轻轻地扫出一条条小路。只有顽皮的孩子才喊叫着在雪地里追逐嬉乐,用雪球互相投掷,用大人扫起的雪堆成雪人和童话里的人物。

下雪的日子真好。约上家人,亲朋好友,摄取几帧照片。着一件红色的外套,像一朵大丽花,穿一件绿衣,就像一片橄榄叶,被皑皑白雪衬托得更加光彩照人。

下雪的日子真好。一场大雪过后,耕耘大地的人们,会眺望着漫天飞舞的雪,满脸欣慰地发出由衷的期盼:瑞雪兆丰年,又是一个好年景。

感悟不惑

孔夫子在《论语·为政篇》中说:吾十有五而志学,三十而立,四十而不惑,五十知天命,六十而耳顺,七十而随心所欲……他以大约十年为一个阶段,讲述了自己的感悟。我们虽远不及圣人有那样巨大的成绩,对人生有如此精确深刻的体会,科学的总结和归纳,但也能由此获得极深的启发。没到四十,似乎没有尝到不惑的酸甜苦辣,过了四十还真的感悟到一些不惑的滋味。

所以不惑,自己的思维和情绪相对稳定、平和,不再有舞象之年(15——20岁)那么活跃。能够巧妙地利用思维和情绪的潮起潮落自我修整、处理问题。开始懂得三思而后行的道理,懂得从容处事。从容是一种成熟的心态,是一种意境,更是一种自我享受。从容方能宠辱不惊,不急不慢,不躁不乱,事事井然有序,有事半功倍之效。

所以不惑,是几十年的风风雨雨磨炼了自己。曾经有过的彷徨、烦恼,全是通往不忘初心、砥砺奋进、坚定自信、乐观向上的阶梯。善于总结成功的经验,找准失败的教训。不再为鸡毛蒜皮的小事斤斤计较,为一点得失利害耿耿于怀。在社会生活实践中磨砺了思想意志,储存了感情友谊,积淀丰富了内涵,完善了自己。变得稳健而不中庸,不追随,以一颗平常的心纳入做人的轨道。

所以不惑,逐步认清了自己的角色。在工作、事业的岗位上,更尊重和珍惜来之不易的岗位和成绩,保持正确的视野和角度,明白什么鼓点上场,什么节拍下台。摆正自己的位置,不再去追求表面,做花花文章,而是注重内在的真功夫;在家庭婚姻和身心健康上,更感悟到温馨小巢的幸福快乐,并为之加倍呵护。确信这个世界上靠得住的是自己的自强、自立。随时随地告诫自己,防止功名利禄的诱惑,保持灵性、悟性和人性的纯真。不断升华思想,净化心灵,保持淡泊。淡泊是自信,是无畏无惧,胸襟坦荡。摆脱世俗的桎梏,傲视风霜雨雪。不迷失于假象,不失真于世故,从从容容,平平淡淡,是无数次切身体验锤炼出来的,是对人生炉火纯青的诠释。

所以不惑,学会懂得了感恩。在慢慢变老的人生旅途,学会了聆听,兼听则明,使人睿智。学会了忍让,因为,不与君子计较,他会加倍奉还,不与小人计较,他会拿你没招。貌似宽让别人,实际上为自己的心开拓了前进道路。有理有利时,不可不让人不饶人;富有强势时不可嘲笑别人,看不起别人。顺境时,多一份思索,逆境时,多一些勇气,成功时,多一点淡然,彷徨时,多一份信念。太精明,遭人厌;太挑剔,惹人嫌;太傲横,被人弃。学会感恩,知道自己的成长进步,离不开有缘相遇的人和大自然的天赐。感恩大自然的福佑,感恩父母养育之恩,引领人们成长,感恩食之香甜,感恩衣之温暖,感恩生活中的一切人和事。朋友给我们幸福快乐,敌人使得我们坚强和成熟。

所以不惑,懂得了取舍淡定。世间万物,有得有舍。放弃名利,收获淡然;放弃杂念,收获坦荡;放弃仇恨,收获幸福快乐。人的一生,健康是金,开心是果,善良是福根。活着就要自在洒脱,走得急脚累,想得多心累。坎坷人生路,坦然前行最好。

所以不惑,逐步学习理解知足常乐的含义。老子曰:"知足常乐,终身不辱,知止常止,终身不齿。"告诉我们知足的道理。知是一个学习认识的过程,是一种高尚的精神境界。消除贪欲和盲目的物质攀比,多一些精神追求。

所以不惑,懂得了学无止境。学习是人生永恒的课题。世界潮流滚滚向前,人生无时不面对日新月异的变化。只有学习才是获得幸福生活的唯一途径。不管年龄多大,生活多么繁忙劳累,日子多么清贫或舒适安逸,始终不忘学习,探索。感受融和新知,不忘初心,不放弃梦想,永远在不懈学习的路上。

然而,在这大千世界,"四十仍惑",仍然不乏其人其事,社会生活就是扑朔迷离,一下子很难读懂看透,只要人们都是真挚地热爱生活,崇尚事业,把握时机,不惑的感悟会日益增强增深。

卖花女择婿

西乡刘家店村的姑娘刘美花,才二十三岁,可已是远近闻名的卖花女。因为她模样儿像花一样俊,心像花一样美,又是爱花、养育花卉的能手,连起个名字也叫美花。

乡亲们都议论说美花卖花"发"了,快嘴刘二婶说:"人家美花的电话放在衣兜里,想什么时辰打一拿就是,开的那小轿车,后面两根管冒烟。"

卖花女刘美花出了名,刚到国家政府的婚嫁年龄,提亲的人就挤破门,但都被卖花女一一拒绝。爸爸刘老汉和老伴,倒是相中了邻村的赵强。赵强兄弟俩,不仅家里是远近出名的养殖大户,赵强自己也在城里面上班。更重要的是提亲的人说了,赵家孩子和美花是同学,年龄相仿,要是美花点头同意,彩礼按西乡的规矩加倍,可以男到女家。刘老汉老两口一听这条件,心里真是乐得开了花。老了有进门女婿做依靠,眼前也不用再听邻里那些不腥不淡的闲话,闺女给你挣下那么多钱,出嫁全带走,看谁养你的老?还有更难听的,提起来刘老汉就失眠睡不着觉。这一下子心病可下去了。

老两口拿好谱,要让闺女把赵家这门亲事定下来。刘老汉知道自己闺女的脾气,她不同意谁都没办法,八头牛也别想拉回来。到了晚上吃过饭,刘老汉心中十五个吊桶打水,七上八下,壮了壮胆,小声叫住美花,你先不要去育花棚,爸妈有事要和你说。

刘美花从这几天爸妈笑嘻嘻的脸上也看出了一些事,在乡亲们议论中也听到了要出嫁进城的风言风语。刚等刘老汉一提起赵家,她就连珠炮似的数落起赵家。十里八村谁不知道,赵家因为政府好政策,这些年养鸡挣了钱是不错,有多少钱谁也估不透,那也不能像中国盛不下他们一样。赵强是同学也不错,真的了解,那时他不但不好好学习,还仗着家里有两个钱就看不起和欺负其他同学。这样的家庭你能喜欢吗?赵家的事以后谁都别提了,我的事我心中有数,自己做主。保证二老放心满意。美花的话让刘老汉觉得句句在理,只有听的份了。自己的宝贝闺女怎么能嫁这种人家?好,好,好,明天一早我就让人回话,辞了。

美花成了"富姐",把千万元大户都不放在眼里,住草房,扒垃圾的小伙子更甭想。想必,这金凤凰要往城里飞了。正当众说纷纭时,刘家店村忽传出爆炸性新闻,美花跟村里的贫困户青年李全义喝了定亲酒,一下子把说东道西的人们推进了迷魂阵。

李全义是冬天才退伍回村的。上学时和美花是一个班,在学习上没少帮了美花。尤其是升高中那年,美花病了,二十多天不能到校学习,全义每天放学回来,就去给她补课,最后,俩人一起考上了高中。可高中没上完,全义因父母有病,家里困难就辍学回家打工。

全义当兵临走上车的时候,美花从学校跑回来,送给他一个日记本,扉页上没有写字,却画了一朵玫瑰花。

一转眼,服满兵役的全义退伍回来了,看到美花家成了全乡有名的富裕户,美花也常走南闯比,而自家住的还是旧草房,父亲有病卧床,致富的路上还没有起步,感到很自卑。美花几次去看他,他都躲躲闪闪。聪明的美花,早就看透了全义的心思。她想,全义忠厚品行好,乐于助人,相互了解对方脾气,要不是文化水平低,在部队准能干出个样子来。在部队三年,入了党,家中收到喜报三四张,嫁给这样的人不会走眼,准幸福。

一天下午,他看到全义推车从花圃边经过,不顾姑娘的羞涩,一把抓住全义的车把,认真地问:"全义,为啥老躲着俺,你说句心里实在话,你喜欢俺吗?"全义万没想到美花竟向他提问这个问题。一时脸羞红了,心也像要跳出胸口来。说不爱吧,美花人美心更美,自己当兵三年,家中她没少去帮忙,也没怕人家说三道四。人有志气,性格温柔,又大方,早就是自己的意中人,这样的姑娘百里也挑不出一个;说爱吧,贫富差别那么大,太不现实了。他看一眼美花急切等回答的眼神,只好说:"俺老早就打心里爱你,就怕你嫌俺家穷,所以……"美花不等全义说完,抢白着说:"不用说了,有这一句就够了。你以为俺是钻到'钱眼里'去了。俺养花卖花不只是为了钱,是为把生活装扮得更加美好,为大家都过上富裕的日子。"

美花和全义把日头拉得下了山。这天晚上,天上的星星月亮做媒,花圃的花花草草做证:卖花女刘美花择婿李全义。

军旅匆匆情亦浓

我考证不出"好铁不打钉,好男不当兵"戏语的年代和出处。《孙子·计篇》曰:"兵者,国之大事。"可见,兵者,非好男而不能,因为涉及国家社稷之安危。我十几年军旅生涯,算不上一个优秀的好兵,但"军旅生活匆匆,情怀依然浓浓"!战友们那平凡而伟大,无私奉献的事迹,朴实无华、坚定勇敢不怕牺牲的形象,栩栩如生,一生也说不完的故事永远萦绕心间。

一、第十三座坟墓

曹利是和我们一百多名应征青年一起,从富庶的胶东拉到贫瘠的肃南山沟的。新兵训练结束后,又分到了一个连队。下连队那天,中午从司令部出发,到连队已是午夜十二点。老战士们一直等着我们的到来。一放下背包行装,老战友就端来酸辣汤,卤子面,使我们一下子就感觉到解放军大家庭的温暖。曹利跑前忙后,就像比我们早来的老兵。

起床号把我们从梦中唤醒。一看曹利早已把内务整理好不见人影了。透过黎明的晨光,才发现我们的营房是在山沟里,四周是连绵起伏的群山。我一时竟然分辨不出东西南北,昨晚是从哪里来的。曹利在和战友们扫着本来就很干净、用小石头铺垫起的操练场,只听到扫地的唰唰声。

到连队前三天没有到坑道作业面,而是进行光荣传统教育,连史、模范事迹报告会。老兵们说:连长是"过鸭绿江的",在山沟里他住得最长。在坑道口前的山坡上,有十二座坟墓,土堆不大,但十分显眼。连长告诉我们:这都是为国防事业献身的忠骨!有的战友一入伍就在这山沟施工作业,到牺牲也没走出过大山。

曹利不善言辞,憨厚的脸上总挂着不知愁苦的笑容。听了连长的话,他第一次抢先发言表决心:学习先烈,献身国防。话虽不多,但却铿锵有力,赢得了大家的掌声。随后工作中,他不怕苦,不怕累,技术掌握快,两次立功受奖。可谁也没想到,在后来的一次工程事故中,他勇敢地推开战友,扑向爆破点,战友得救了,他却躺在了血泊中。那时,他才十八岁,入伍不满一年。

第十三座坟墓的墓碑上刻着:烈士曹利之墓。

二、七颗受损的子弹

战友王军强的衣兜里,总放着个黄布包,包里有七颗面目全非的子弹。这伤痕累累的子弹似乎还弥漫着战火的硝烟,它记载了战斗的激烈和革命战士的忠勇。

那年,王军强从南疆回家探亲,炕头还没坐热乎,就接到部队"立即归队"的急电。军令如山,他顾不上安慰卧病在床的母亲,多看一眼还沉醉在团聚欢乐之中的爱妻和儿子,毅然踏上归途。王军强十分明白,这次急令召回意味着任务的重要和艰险,也很清楚这次和亲人的分离将意味着什么。

归队,他顾不上向家人报个平安,就披上战衣,投入到战场。时任副连长的王军强自告奋勇率领尖刀排,担负起突袭、穿插敌营的重任。猛烈的枪炮声给三天两夜没合眼的他陡添了无穷力量,他率尖刀排像离弦的箭,突入敌阵。突然,胸前"啪"的一声闷响,像被人猛然推了一下,他意识到中弹了!但决不能倒下,战友们还在战斗,敌人还没有消灭。他继续冲在最前头,直到战斗最后胜利。

在战隙休整补充时,他才发现,胸前的冲锋枪弹夹被击中。敌弹穿过这七颗子弹的间隙,被弹壳卡住。七颗未发射的子弹救了他。战后,枪械技术人员告诉他:在平时,这颗敌弹的冲力足够把人击倒。然而,在战火弥漫的战场,像王军强等无数英雄,为了国家安全和民族利益勇往直前、不怕流血牺牲的精神和力量是无敌的。

三、未了情

中秋节前的日子,军区直属队特别忙:庆祝上级组织的大比武夺冠、迎接市文明单位检查验收、志愿兵刘永全的未婚妻来队完婚。清一色的小伙子军营,来了个俊俏的姑娘,人人都像自己办喜事那么高兴。我作为单位主官,荣获荣誉不说,正忙着准备汇报,刘永全还请我当证婚人。忙中又喜,一派节日气氛。

刘永全这是第二次准备结婚典礼。上次未婚妻来信说:双方家中已为结婚做好了准备,只盼如期回来成婚。这时,部队突然接到抢险救灾急令,他把信悄悄揣在兜里,投入到救灾一线。为这事,还引起未婚妻的误会,怕刘永全变心了。直到部队胜利归来,立功喜报寄到家中,才打消了顾虑。这次来部队举办婚礼,是未婚妻的母亲陪着来的。老人见了我们就说:两个孩子都老大不小了,不看着他们完婚,我就不回家。

忙了一天的我刚上床休息,就接到去司令部的开会通知,并接到了四十小时内按上级要求的名额,组织纪律过硬,思想作风好、业务技术好、体能条件好的骨干到××地域集结的命令。回到部队,紧急集合号划破黎明前的寂静。干部战士很快在会议室集合完毕。我宣布:同志们,接上级命令,从我部挑选十六名骨干,明天×时出发。个人决心书在一小时内交队部。会后,我和队长反复商议的是刘永全:他不去,可他是大比武夺冠者,平时技术强、作风硬,军地有名,给上级领导也不好说;去,婚礼怎么办?商议决定,征得刘永全同意后,马上举办婚礼。

还没等我去找,刘永全第一个捧着决心书来了。决心书写得简单,但要求迫切,就是去一个,也非他莫属。我说:你们今天举办婚礼好不好?刘永全深思熟虑而又坚定地说:"首长,这次任务大家都明白,不比以前,随时都有生命危险,我不能耽误人家。未婚妻和阿姨工作我去做。只要我活着回来,再举办婚礼,你还当我们的证婚人,请您喝喜酒。"

第二天一早,我陪刘永全送他未婚妻和母亲去车站。娘俩红肿的眼睛仍含满泪水。但她坚定的目光和神态,相信刘永全不会变心,一定能胜利回来。

当晚午夜,我送刘永全等十六人准时到达集结点,立即分散补入了其他部队,开赴前线。自此失去了联系。

年底我也转业到地方工作。曾多次和原部队联系,一直没有确切消息。可我心中却总忘不了刘永全和战友们的安危,忘不了刘永全的婚礼,忘不了战友的那一杯喜酒!

(此文获第二炮兵士官学校潍坊广播电台联办《咱当兵的人》征文三等奖)

永远闪亮的金星

夏日的一个雨蒙蒙的早晨,在市烈士陵园,两千余人早早地就垂首静默在一块普通的墓碑前,人们沉痛的心就像阴沉沉的天空,妻儿撕心裂肺的哭声,无数吊唁者低沉抽泣让墓地那么凝重。

过往路人轻轻地问:"是位老领导过世了?这么大的场面!……"这哪里是"老领导"?若论官衔,他,生前仅仅是安丘市民兵训练基地的主任;论年龄才三十六岁。

在这两千余人中,有市人民武装部的首长,也有市委、市人大、市政协的部分领导。而更多的,是自发来自市直机关企事业单位和乡镇的干部群众。来自四面八方的他们,为了一个共同的目的:跟一位名叫杨金星的普通共产党员作永久的告别。

打开尘封的记忆,杨金星的那些平凡、动人故事,一堆堆,一串串如天上的金星那么璀璨,闪耀在人们眼前。

调入人武部一干就是16年的他,是那样钟爱自己的岗位,而人们也知道,他调到人武部之前就是一个政治可靠,军事过硬,多次立功获奖的好士兵、好干部。他是那样热爱党的武装事业,为了民兵预备役整组训练,他多少次打起背包,骑上自己车下乡镇,一去就是十天半月,和民兵吃住在一起,摸爬滚打在一起。在他和战士们的努力下,民兵整组训练年年都是榜上有名。

他作风优良,军事素质过硬。民兵的常规武器,包括防空、防化学武器、防原子弹、爆破也是无所不精。他文化水平虽不高，但凭着钻劲和执着，全国人武干部大比武，他是四项专业全优成绩中的一个。庆功宴上，市委书记听了后，单独敬了他一杯酒，赞扬他为安丘人民争得了荣誉。可谁能知道，他在训练中流了多少汗，又磨破了多少衣服和鞋袜啊。

他是那样热爱自己的战友。城区改建鸿发商厦时，建筑工地挖出了炸弹。他知道后，毫不犹豫地向领导请示：我去！从工地到处理场地的七公里山路，他紧紧地将炸弹抱在胸前，以免猛烈震动引发危险。紧捏一把汗的同志们几次要替换他，都被他拒绝了。在他工作在人武部的十六年间，又有多少次，他把立功获奖的机会让给了别人。1993年底，当一大批比他进部资历浅的同志升级晋职，一道工作的战友成了自己的领导时，他仍兢兢业业，干劲十足，并积极支持科室领导大胆放手工作，年底又抱回来一个又一个奖励。领导和他谈心，他是那么坦然：一个党员干部只有干好自己工作的义务，没有向党索名求利的权利。这和那些向组织要待遇、要名利、跑官、要官甚至买官的人相比，是何等的可贵而高尚。

他是那样热爱人民群众，视他们为亲人。在人武部工作的十几年里，先后四次参加了扶贫工作。他对扶贫过的黄石板坡、新庄子、小麦峪等边远村庄的情况了如指掌，谁家几口人，家中主要困难原因一一记在心里。在乡亲们中间的他，没有什么庄户活他拿不起放不下。到群众中了解情况时，不管遇到群众忙活什么农活，挽起袖子就一起干，群众捧着带土渣的水碗，他接过来就喝，喝得那么甜，那么坦然，因为他和群众心贴心。为村里摘掉贫困帽子上项目，四处协调跑过多少单位，走过多少山路考察了解，又有谁能记得清？乡亲们过意不去，有时送他一点"土特产"，他却照价付款。逢年过节，杨金星家的"庄户客"是格外多，这些都是他的"亲人"。女儿在他的感染教育下,主动热情地跟西召忽村贫穷学生鞠玲艳结成"手拉手"姐妹。开学时,父女俩一道送钱送学习用品;天冷时,又一道去看小玲艳有没有棉衣御寒,并从他那不丰裕的收入中,一给就是上百元,这些都已永远地镌刻在小玲艳等孩子的心中。

然而,就是这么一个对事业,对战友、对群众如此慷慨的人,对自己却极端"吝啬"。到烟台出发,为了给公家多省钱,他为寻找便宜的旅社,晚上跑到十点多,找到住一晚12元的旅社,还直嚷"太贵了"。吃着自带的干粮,三天的任务两天完成的他,把国家的钱看的就是如此之重!这和那些借职务之便,慷国家之慨,吃顿便饭就花几百元的人相比,是何等的高尚!

他还是同志们公认的"工作狂",干起工作来什么都忘了,包括妻子女儿家人。从家到训练基地的十里路,来去多少回,春夏秋冬,风雨无阻。在单位,他到得最早,走得最晚。他的妻子、女儿知道,她们有个因训练工作紧张就可以十几天不回家的丈夫和父亲。几次晕倒在训练场,他都是歇一歇再干。对此,杨金星有他的"理由":只要病不倒,就不能不工作。有一次,一进家门就晕倒在地上,妻子、女儿将他抬上床,醒来后他却还以为是在训练场。有多少次,领导们、战友们劝他检查治疗,爱妻甚至含着泪水劝他去治病,可是他都以他的"理由"搪塞过去。

趁着训练淡季,领导好不容易动员他去北京检查治疗。就要上路的头天晚上,他还安排工作到深夜,训练器材的保障,靶场的修缮,人员的生活和安全……项项不漏。他走了,那样匆忙,又那样从容。走的时候,他还告诉送行的战友们,很快就会回来。谁承想,这竟成了诀别……

有位诗人说过:"有的人死了,他还活着;有的人活着,他已经死了。"是的,杨金星虽然已经离开了我们,没有倒在动人心魄的枪林弹雨的战场上,也没有干出惊天动地的业绩,可是,他那敬岗爱业的高尚情操,他那艰苦拼搏、开拓进取的顽强作风,他那严于律己、关心群众、爱护同志的品德,他那严谨细致、刻苦钻研、干一行爱一行的工作态度,就像他的名字,永远在人们心中闪亮。

我和战友微信群

战友们提议建立微信群,征求我的意见。我当然求之不得,双手赞成。多么想和几十年前的战友,尽可能更多、更快地搭建联系沟通平台,说说心里话,拉拉家常里短的身边新鲜事。因为战友情谊不是亲兄弟,却胜过亲兄弟。在部队大学校里有血与火,心灵和肉体的考验,是朝夕相处,摸爬滚打纯真感情的积淀。多少年虽已过去,有的在农村,有的在城镇,天南地北各居东西,当年的壮小伙成了白发翁。可不管到哪里,不论多大年龄,都忘不了一起在军营结下的战友情。

战友们推举我为群主,倒让我受宠若惊,我何德何能当此重任,得此殊荣?在部队没有战友当的干部大,当兵的时间长;在地方的职级比战友们低,钱也少,唯有值得炫耀的是年龄稍大一点,战友们经常亲切地呼叫的"吴大哥"。

好!这个群主交椅我就先坐了。没有飘飘然的感觉,倒前思后想,有些如履薄冰的味道。在部队时也没统领如此之众,想得更多的是怎样不负重托,把这个战友群经营得像个和睦大家庭,如同在部队时的一个作战团队,团结、和谐、快乐、健康,富有生命力和战斗力。

于是乎,一呼百应,战友群当即宣布成立运作。互相问候、祝福,就像在军营多日不见那么激动,人人都有说不完的话。

战友们兴奋地说:现在加入战友微信群,是一个进步。加入了这个战友微信群,似乎又听到祖国的召唤,听到那熟悉又远去的军号声,看到了战友们满脸洋溢着欢乐的面孔,和那魂牵梦绕的军营。

组成一个群,顾名思义,群,是由"君、羊"二字组成。君子的坦荡,正是当兵人的脾性,羊和善团结,是取得胜利的保证。这个群,就是一个家,是知识的海洋,是心灵的港湾,是休闲开心娱乐的驿站,是相互学习、相互鼓励、相互促进的加油站,是相互关心了解、相互帮助沟通联系的桥梁。

战友们同在一个微信群,如在部队时的一个战斗、生活集体,共同的语言,相似的兴趣,天天给予彼此温馨的祝福,探讨着精彩话题,言辞不加修饰,还是那样坦率,直截了当,就像部队每周一次的"班务会",相互表扬批评,一针见血直来直去。因为,简朴、诚恳的语言里,有战友的信任和友谊。

战友群虽没有像有人夸张的那样,"藏龙蛟、卧虎豹、栖凤鸾、遨鲲鹏",但也人才济济,华耀满群。不管你在海南,他在北国,也不论经商从政,相互深深地关爱和牵挂是永久的慰藉,感恩频传佳音的战友,感恩快捷、方便的微信群;文生、同溪、建华等摄影爱好者,随时把美丽新作让大家享受,耐心地把技术传播;在部队时的政工干部树三、学武常把国际国内的形势说说;文生、晓萍夫妻喜爱自驾游,每次旅程都会给战友们一次丰盛的美景大餐;白衣天使张红推文保健养生妙方;元福、丰运、彦书诗文每天有新作品;尤其是在八一、过年等节假日,维克、增生等经商大款的红包,把战友们的喜庆气氛推向一个个高潮。虽仅是几毛、几元钱,可大家为的一个乐。上午,南方的战友晒了四季如春的花海,下午北方的战友推出冰天雪地,神话梦幻般的冰雕世界;你一段农村丰收的繁忙,他一幅城市日新月异的巨变夜景。一个小小微信群,战友们同知天下事,同享生活乐。

战友们同在一个微信群,共有在军营锤炼的感情底蕴,但是,由于个人文化,经历,从事职业不同,对一些问题的认识水平、角度,表达方式、能力就不尽如一。战友们以求大同存小异为前提,以情会友,以诚会友,以实会友为目的。过去能一起参军入伍,现在聚在一个微信群,本于缘,增于情。无远近之分,无高低贵贱之别。不因位卑而疏远,不因权尊位高而趋附。不以异见而憎,不以特性而恶,同道而谋,非同道而习,察纳雅言善意,咨诹善道,对一些原则问题,也如同当年的"班务会",晓以利害,直言不讳指正。

社会的进步发展,让名目繁多的微信群如雨后春笋,层出不穷,给人们生活、学习带来了极大便利,然而,也有良莠不齐。为确保战友微信群健康发展,群秘书长述云征得大家同意,公布了入群战友家属必须做到九条规定:群内战友和家属必须自觉、自律、自警、自醒,和党中央保持高度一致,维护国家和民族的团结统一。在微信中做到:政治敏感的话题不论;不信谣、不传谣、不造谣;涉黄、涉毒、涉黑的话不说;有关港、澳、台的小道消息不传,不说;军事资料,国家秘密不说;小程序拉票、募捐不传,不参与;所谓的内部资料不信不传。保证战友微信群健康向上,团结和谐,充满生命活力和正能量。

战友微信群给大家欢乐和知识,增进了战友相互了解、信任和友谊。这正是:

战友微群传友情,
心身愉悦沐春风;
学习娱乐新天地,
各露才华在其中。

快乐的和大爷

　　胸怀宽广敞亮的人,心中能装下生活的酸、甜、苦、辣、咸,五味杂陈,但装得更多的是幸福和快乐。遇事淡定、易于释怀的人不是生活中的马大哈,是因为心中善良、仁厚、自信、友爱。快乐的和大爷就是这样的一位人见人喜欢的长者。

　　村里的老人说,和大爷的爷爷是民国初年从北方迁移来的,虽没带来多少金银财宝细软,但穿着、言谈、举止像文化人,家中不太多的那些小物件,是农村庄户人见都没见过,连名字都叫不出来,反正很稀罕,很好看。老先生置了几亩地,盖了几间房,日子虽平平淡淡,也顺风顺水的,用自家闲置的南屋办了个私塾,和大爷就和村里的孩子一起读书。和大爷从小就喜欢帮人,把爷爷给他的笔墨砚台和孩子一起用。后来又闹鬼子、汉奸,又是土匪横行,日子也一天不如一天好。快解放的前几年,汶河河南河北共产党武工队和国民党杂牌军拉锯战,白天你打过来,晚上我又抢回去,土匪也趁火打劫,隔三岔五地到村里绑票。

　　这时候,和大爷家的日子已基本破败,几亩地也快卖光了,和大爷和哥哥靠打短工养家。土匪看不上和大爷家,抓壮丁的可来了。杂牌军当兵的押上村长领着,专找家里有青壮年的户。

　　那天,和大爷兄弟俩正要出门找活干,被抓丁的碰了个正着。和大爷这年才是16岁的孩子。抓丁的不容分说就把兄弟俩绑了个结实。

第二编　慨悟沉沉·89

哥哥比和大爷大四岁,才结婚三个月。和大爷的爸爸妈妈和嫂子听到院子吵闹,就跑出来阻拦,嫂子抱住哥哥的腿,跪着向村长和抓丁的求情,哭成了个泪人。和大爷的爸爸悄悄给村长和小头目的手里塞了点东西。小头目才说:你家两个壮青年在村公所里是有登记的,总得出一个吧!看你们让哪个去?

和大爷的爸爸妈妈对着兄弟俩瞅瞅这个,看看那个。一个刚结婚,一个还是个孩子,哪个都舍不得。小头目厉声催道:都舍不得就都带走了,到了队伍里有饭吃有衣穿。和大爷看到嫂子哭得伤心,爸爸左右为难,就说:好,我去吧,放了我哥哥。刚说罢,村外传来枪声,有哨兵报告,长官有令:快撤。和大爷被押上刚到河边,就被追上来的武工队解救了。

武工队的人问和大爷愿不愿意参加共产党武工队?和大爷想都没想就说:愿意!就这样歪打正着地成了武工队员后,随部队越走越远,一路打到了江南。和大爷年纪虽小,但是有点儿文化,人又机灵,打仗也勇敢不怕死,不到两年就当了副排长。在一次剿匪战斗中负伤复员回乡。

回到家里只见爸爸、妈妈和嫂子两个孩子,就是没见哥哥。爸爸觉得也瞒不住,就把哥哥的事告诉了他。

在和大爷被抓走的第二天,国民党杂牌队伍晚上又来了,见到年轻人就抓起来绑成一大串。往河北撤退过河时,你哥哥仗着水性好,挣脱了绳子,刚跳到水里就被国民党兵开枪打死了。

爸爸边说边叹气,想给和大爷说又难开口,绕着弯子说:你哥哥去世这两年多了,撇下你嫂子这孤儿寡母的日子可咋办?劝她改嫁,你嫂子怕苦了孩子。我也怕你嫂子改了嫁,孩子这么小,离不开娘,不就成了别人家的孩子了?

坐在炕头一边的娘听到这里,也用试探的话说,你在外面也没找对象吧？和大爷说：整天打仗到处跑，还顾不上这个。娘接着说：你看你这两个侄儿多喜人，你嫂子又勤快懂事，我们真舍不得她离开。

和大爷越听越明白爸爸妈妈的意思，就说我会像自己的孩子一样照顾他们。娘听到这里，更明白透亮地说：你也没成家，要不你们就结婚一起过日子吧。

和大爷说：要这样得问嫂子乐不乐意。要乐意，我找日子去政府里办个手续。和大爷的爸爸听到这里，猛不丁地抓住和大爷的手，眼里噙着泪花，哽咽着说：儿啊，你真是我的好儿，你救了爸爸。和大爷的爸爸从炕席底下取出一个陈旧的布包，小心翼翼地一层层地打开，原来是一个做工考究，在昏暗的油灯下也熠熠生辉的和田玉挂件，和大爷从来没见过。

和大爷的爸爸说，你爷爷传下来的东西就是这几间屋和这个玉器了，今天就给你吧，我这么大年纪藏它也不保险。

和大爷说什么也不要。一直到几年后，爸爸去世时，才又把这玉器郑重地传给了和大爷。

和大爷没像爸爸那样把玉器藏着掖着，觉得这么好的东西那样多浪费，应当天天看到它，摸到它，不枉费了它给人生活的美。和大爷把玉器挂件拴在他寸步不离的旱烟袋杆上，和嫂子给他绣的烟包子一起。抽烟就摸摸绣花烟包子，端详几眼玉器坠子，心里美滋滋的。

和大爷当兵打仗受伤是荣誉军人，村里照顾他在自家南屋开着小卖店。他坐在店里，喝着大叶子茶，抽着老旱烟，不用吆喝买卖，不用讲价钱。农村买卖就是生活用品，几盒火柴，一斤酱油醋的，他卖的比别的店还便宜，外村的人也愿意到他的店买东西，同样进的一个厂家醋，他卖的醋就香、酸、味正。他的醋不掺一滴水，见了买主,不管老人小孩,都是满脸的笑容。

有一天,村里来了一群大城市的人,几个人在和大爷门前抽烟没火柴,和大爷赶紧送过去一盒火柴。和大爷脖子上挂着绣花烟包子、玉坠子,让一位玉石古玩玩家眼光一亮。禁不住地惊叹道:哎呀,在农村能有这样的宝贝!很礼貌小心地把和大爷的烟袋捧在手中,反复端详玉坠。越看脸上越乐。他喜上眉梢,拉住和大爷衣襟轻声问:老先生,您能不能把玉坠卖给我?

和大爷摆摆手,不卖。行家伸出手在和大爷眼前一比画,和大爷先是一惊:能值这么多?盖六间大屋的钱呀,很快又拿回烟袋,摇摇头说:不卖.他知道这个玉坠不知传了多少代人了,见证了社会的变迁,家庭的兴衰,也算是传家宝,我可不能卖了它。

玉坠没卖,大城市的那群人和行家依依不舍离去后,和大爷第一次感觉到玉坠的贵重。过去只觉得玉坠养眼提神好看,今天挂在脖子上就像挂了一个金袋子。就是不抽烟,也把玉坠捧在手中,生怕有半点闪失,反而让和大爷不自在。原来晚上睡觉,玉坠和烟袋放在桌子上,现在放在枕头边。

最让和大爷烦心的是,村里人听说他有一个很贵的石头烟袋坠子,纷纷上门探问还有什么好宝贝,拿出来让大家开开眼界。有的邻居也开始向和大爷借款。更让和大爷不解的是,原来回家很少的三个孩子也回来得一个比一个勤,到家一个比一个孝顺、嘴甜会说。总之,都想让和大爷卖了玉坠各人能分上几万。

和大爷原来安静生活被行家的到来搅乱了。

时隔不久,城里的行家又开车专程来了,车停到和大爷店前,行家提了一兜子现金放在和大爷面前。看到和大爷的烟袋玉坠还在手里,放心地笑着说:我真怕你把他卖掉了,看,今天带现钱来了,比上次说的价多一倍。卖给我这个识货的吧。

和大爷实在是憋不住了。眼下孩子闹得不安稳，村里人议论多，不和这个行家把话彻底挑明了，过些日子还来。就说：同志，对不起，那玉坠是祖上传下来的，多少钱也不卖。行家满脸疑惑，这个价应该是可以了？但不搞到手，如此好品相的宝贝是越来越找不到了。

行家又离去不久，几个小蟊贼大胆光顾过和大爷家。和大爷是什么人，当过兵，打过仗，眼眯着像睡觉，耳朵好使着呢。小蟊贼还没进屋，听到和大爷底气十足的吼声，就吓跑了。俗话说不怕贼偷，就怕贼算计。该决断了。

早上，和大爷的店门上写了：去城里进货，歇业一日。村里的长舌头却不信这些，有说家中进小偷吓出病来了，有的说：玉坠卖了去城里存款了。还有的说得更离谱的，和大爷被儿子们软禁了，卖了玉坠分了钱才回来。

第二天，和大爷店准时开门，村里人买不买东西，也去店里看看，看那玉坠儿还在不在和大爷手中。正巧城里的行家又来店里准备再说买玉坠的事。一进店门，正面墙上挂着一个崭新镜框，里面赫然醒目地写着"和顺田捐献证书"，落款盖着鲜红的人民政府大印。

村里人正围着看那镜框。行家凑上去站在后面一看，原来是和大爷无偿捐献国家玉坠子的证书。身上似乎一下子冒出一身冷汗。朝和大爷招招手，又竖起拇指扫兴离去。

和大爷的让人捎信让儿子们又回来，一家人说明了玉坠的归处。

从此和大爷旱烟袋上只有老伴绣花烟包子，不见了玉坠子，脸上恢复了轻松开心的笑容。每天笑嘻嘻地接送乡亲们。没有买东西的时候就和陪在身边的老伴说说话，听听广播新闻，吃饭了，老伴端来早已做好的酒菜,吃饭也不耽误卖东西,只有睡觉才关店门。日子过得平静安逸,一直到 70 多岁才不卖东西,90 岁那年冬天,悄然静静地逝去。

在后来好多影视里出来的和珅,引起了村里老少的猜疑,和大爷是不是和珅家的后人?但不管是不是,快乐和大爷一生告诉人们:心简单,世界生活就简单,幸福快乐随之健康成长。能守住平静,方能守住快乐。淡定是一种智慧和勇敢,若从平淡误入纠结,再从纠结痛下决心,回归平淡靠的是良好心态;看淡生死离散,看淡物质钱财,看淡利益、名誉的得失,方能守住心底的真、善、美。

刘局长的生日

这天是刘局长的六十岁生日。天不亮就睡不着了,起床磨刀,发泡干扇贝鲍鱼,还要去赶早菜市场,因为早上郊区菜农进城卖菜,菜品种多也新鲜。

临出门,吩咐正在擦地板的老伴:"老张,别忘了把咱那套没用过得好酒具洗干净。"老伴边干边不耐烦地应承道,知道了,知道了,这是你给我重复的第四次命令了。你去办你的事吧。

是!刘局长边回答,边是一个习惯的动作,两腿一并,上身一挺,标准的立正敬礼。两人会意地开心一笑。

刘局长当兵在部队三十年,和老伴结婚也二十多年了,因照顾家中年迈体弱的父母,虽办了随军手续,也没到部队一起生活,直到把老人养老送终伺候走了,孩子们也上了大学离开家。眼看着就去部队一起团聚,刘局长转业回来了。

刘局长从心里内疚,感激老伴的默默付出,替自己尽孝养老,一人把孩子拉把大。转业回来了,就好好侍奉老伴以示补偿。不承想,转业回来就安排五十公里外的水库管理局。

水库管理局在山区,交通不便,人烟稀少,老伴也就没往那里搬,总不能把干了三十多年的工作丢下。老两口仍然过着聚少离多的牛郎织女生活。

刘局长在部队是机要技术干部,出了名的认真。去水库管理局上任时,市有关领导找他谈话时说:今天应该是市组织部、水利局和你谈一谈，他们的级别不够，你是县处级，总不好让科级小青年谈。水库管理局虽然偏僻，生活条件差，可那是全市的主要饮用水源，责任特别大，市里主要领导点将挑选部队转业干部担此重任。目前，水库管理局有点乱，原局长已隔离审查，你去好好抓抓。刘局长心里明白，戴上一个高帽，给一把甜枣，就去这责任重大的水库大显身手吧。

　　刘局长去市场的路上，边走边想，今年是退休后在家里过的第一个生日。有时间，有精力，货足料全，准备充分，一定让同事、朋友高兴，这都六十了，好好过生日乐哈一下。

　　想着原来过的生日自己觉得很好笑。小时候家里不富裕，都是老娘想着给他过生日，虽只是吃碗粗杂面面条，心里也很高兴。上学时，顾不上想生日是哪一天，只有到星期天回家，老娘问才记起。一直到结婚后，每年的生日才忘不了，生日前几天老伴就提醒。在部队时，老伴的祝生日快乐信会准时到。生日这一天，自己从机关食堂多买两份菜就算过了。

　　部队转业回来过的两次生日，更让他更难以释怀。

　　前年在水库管理局上班后，老伴为给他过生日，从城里专门买上菜来了，前脚进门身后天就下起来大雨，山洪滚滚，随时会有不测。刘局长带上全局人员去大坝在几个关键部位守了一天一夜，老伴做好菜等了一天一夜。

　　刘局长回到宿舍，才想起来老伴专门来为他过生日，菜和饭都热了好几遍。便愧疚地拉着老伴的手说：对不起，让你久等了。但今年的生日过得特别惊险，值得纪念一辈子。老张扑哧一声笑了，她理解刘局长，早就烧好一大盆热乎乎的红枣姜茶，吩咐道：赶紧叫大家都来喝一碗。

　　去年，在生日前调到水利局机关。生日这天，刘局长比以往按时到家。因为老张一大早就给他下了"命令",晚上不准迟到,更不能参加饭局应酬,孩子们都回来,我好好做个丰盛的家宴,给你过一个真正团圆生日。

刘局长望着满桌菜肴,孩子们忙着摆酒杯拿筷子,还有一个茶盘大小的"寿糕",寿糕上用奶油写着"祝您生日快乐"。

快乐!快乐!我太快乐了。

刚要脱衣服就座,门铃响了起来,刚一打开门,局机关的人,跟着主持机关工作的惠副局长和办公室肖主任蜂拥而进,都边进边高声祝福:刘局长生日快乐!

刘局长心中纳闷,过生日没有告诉局里任何人啊?老张一看来了这么多客人,坐也坐不下,饭菜也少了一些。让孩子招呼客人,悄悄拽了一下刘局长的衣角,到了厨房,闭上门嗔怪地说:你这老东西,请这么多人来不会提前说?刘局长两手一摊,我也不知道!

办公室肖主任敲门进来,温声请示:刘局长,咱们去饭店吧?刘局长说家里都准备好了,在家一起吃吧。肖主任做开了检讨:今天这事怪我不认真,安排好了酒店,接了个电话,就把去酒店过生日的事放下了。

其实办公室肖主任不是忘了,而是怕早告诉刘局长,答复肯定是两个字:不行!局长上任没多久,但是在水库管理局的认真和来局里的做派,他已把新局长的脾性揣摩得八九不离十了。

刘局长见肖主任主动做开检讨,就顺水推舟地笑着说:好,那叫上大家走,这么多人在家里也坐不开。肖主任脸上笑开了花,说:我们在楼下车上等您,您和大姨,孩子收拾一下慢慢来就行。

不用,您大姨和孩子就不去了,家中已做好。刘局长有些不情愿地说。

办公室肖主任接上道,那怎么能行?过生日主要是老伴和孩子,同事部下都是祝贺的,说着把几个红包塞到老张手里。还没等老张反应过来,肖主任微笑着说:大姨,咱们楼下见。

在市里中心大酒店,早已安排好了一个二十多人的大包席。刘局长应坐主陪,因为他是局长。可今天例外,他是酒席招待的主要对象,惠副局长就谦恭地说:今天我临时做个主陪,肖主任自然在副主陪位子坐下。

开席后,一个"八仙祝寿"就把刘局长的头祝蒙了。接下来这个科长那个主任都得意思一下。刘局长想,今天是自己过生日,老伴和孩子一起,同志们又这样热情地祝福,放开高兴一下,大不了就是尝一次醉滋味。喝得脸也红了,眼皮也睁不开了。老伴在一边不停拽他也不知道了。惠副局长宣布:祝寿宴礼成,散席。

多亏孩子在左右扶着,没说错话,没出大洋相。到家吐了一脸盆,老伴和孩子守了大半夜。那生日过得很热闹却是又累又难受。第二天,刘局长照常第一个到了办公室,喝着水反思昨晚过的生日。那一大桌少说也要两千元。红包就算了,看看有谁的,以后回礼时多付一些就行。这酒钱要问明白,算清楚。

于是把惠副局长叫到办公室,惠副局长进门就说不好意思,让你喝高了,晚上没休息好吧?

刘局长也没接话茬,开门见山地问:昨晚花了多少钱?你替我让肖主任给结清了,一边说一边从自己的提包取出一叠钱给惠副局长。

惠副局长不用听就明白地忙解释说:"这事我正准备向您汇报,咱们有一小块'自留地',就是用于补贴公务接待和局长领导个别事的安排。昨晚接着结清了,一千八百元。听说给您过生日,又是咱局里定点招待酒店,优惠了二百元。"

刘局长没等惠副局长说完,就严肃地说:惠副局长,这个酒饭钱我是必须付。上级组织三令五申不准单位有小金库、自留地。这些坚决不能留了,留下就是祸根。让办公室清出一个底账,立即上交上级财政部门。我给有关领导当面检查。

惠副局长听出刘局长不容置疑的口气,应道:好,我马上去办。接过刘局长手中的钱,数也不数,转身而去。

过生日那档子事很快过去了,刘局长心里放下了个包袱。局里的工作人员对他格外客气了,大事小事都有公事公办,敬而远之的味道。

刘局长想着事,不觉来到了菜市场,熟人们见了还是一口一个局长。刘局长摆摆手,退了,不当局长了,叫老刘更自在。

买菜回到家,和老伴忙了一下午,准备了一大桌子菜,酒杯筷子比去年准备得还多,听说儿子要领女朋友来。

刘局长和老伴不住地看墙上的表,还自言自语地说:该来了,老张突然像是想起了什么,低声问刘局长,你告诉局里的人来家里过生日了吗?

没有啊,去年散席时,惠副局长还和大家说,明年生日在咱家过,原班人马,还请我露一手厨艺。再说过生日哪有单独说的,去年没告诉都来了,今年这是去年说好的。

老两口正在认真分析情况,电话响了,是肖主任。肖主任在电话中说:今天您在家中过生日都没忘,祝您生日快乐。惠副局长家中有事请假,我正好值班,刘科长他们有一个很紧急的会议材料。说了半天没有一个来过生日喝酒的。

刘局长抓着电话,只是本能地说,好,好,那大家忙吧。一直到电话响起回音,才知道肖主任讲完了。

刘局长迷惑地看了一下老伴,两手一摊说:局里的人都忙,不来了。等孩子一到就开席祝寿。

老张也很快明白过来。指着刘局长笑着说：你啊你，还是那个老样子。

老两口刚坐下，儿子们双双而入，一人带回一个满面春风阳光的女孩。

女孩忙着祝大叔生日快乐，呼大姨好。儿子抱怨路堵车来得晚。

老俩见未来的两个儿媳妇来了，喜出望外。忙不迭地应道，听说你们要来，特别准备在家吃，快洗洗手，咱们坐下开席。老张的两只眼睛显得不够用了，目光总在两个女孩间转悠，把女孩都看红了脸。

四个孩子双手举起酒杯，站起身来，共同祝：老寿星生日快乐，大姨身体健康。

刘局长笑着说：大家都快乐，都健康，你们都工作顺利。

刘局长看着四个孩子眉飞色舞地高谈阔论，老伴也显得那么高兴，不停地给两个女孩子夹菜。自己笑嘻嘻地闷一口酒，慢慢地品着，心中感到了由衷的释放。美！这生日酒喝得真美。

第三编
人生悠悠
（轮岗日记）

人生拼搏,不是拼给谁看的,是用实践历练成长自己。拼的是自己的形象和信誉。做事不需要人人理解,只要全心全意,行善积德;做人不可能人人喜欢,只要坦坦荡荡,无愧我心。

——题记

谁能第一个吃螃蟹？

——《轮岗日记》2003年4月9日

市轮岗会议召开,谁是第一个吃螃蟹的?

上午,市直党政机关企事业单位在市政府人民会堂召开了"全市轮岗"动员大会。五大班子领导,部门主要负责人参加会议。会上,市长主持会议,市委书记做动员报告,组织部、人事局的领导宣布实施方案。

从会议的规模,与会领导和主要发言人的档次,可见轮岗工作的重要性。市里党政机关的头头脑脑露面,一年没有这么几个会。

轮岗,的确是个新名词。名虽不上经传,连字典辞海也查阅不到。但可是领导干部的创新思路,有了新思路,自然就要有个新说法。轮岗,顾名思义,从字面简单地说:轮流上岗或下岗。文件明确说就是轮出一部分人,工资照发,保留职务、岗位和职级待遇,脱离原来工作到社会经济大潮中锻炼。通过轮岗,培养锻炼干部,为社会创造财富。

然而,这毕竟是新事,人们难免得焦虑多多,困惑重重。轮岗的人是不是单位多余的人?轮出去了能不能回来?轮出去干什么?社会上那么多专业经商者都苦无挣钱门路,一个机关干部说下海就能赚到钱吗?退一步讲,能找到一个商机,场地、资金何处寻,总不能催育滋生那么多皮包公司,领国家工资无所事事到处去玩吧?

一个轮岗动员会,把人的心弦绷紧了,脸上没有了逍遥自在的模样。散会时,市长对书记的动员报告,尤其是组织人事部门的实施方案进一步强调：两天内把轮岗人员落到实处，把优秀的，年富力强的，有组织领导能力和一定经济工作经验的同志安排去轮岗。按照这个要求，各单位的主要领导正好能担当此任。每年优秀党员，先进工作者，晋级升职都是如此要求。

　　好了，不用多操心，总会有"第一批吃螃蟹"的人。

热血男儿知难上

——《轮岗日记》2003年4月9日

热血男儿知难上,我不下地狱还有谁?

轮岗工作时间紧,任务重,难度也显而易见。当天下午,所在单位召开全体人员轮岗动员、报名会。会议明确要求:人人谈认识,表明态度,这是考量每个人党性纯不纯,和上级党委政府保持高度一致的态度、立场坚定不坚定的原则问题。

全体与会人员正襟危坐,没有往日开会交头接耳,上面大讲下面小议的动作,倒有如临大敌的样子。原来,轮岗这件被视为塌天的大事,让大家相当紧张压抑。

主要领导简要传达市里会议精神和实施方案,局里的具体办法。然后,每个人表态发言,不准一人遗漏。发言开始吧。会场更安静了,连墙上的石英钟转动都能听到。一分钟,十分钟……主要领导进一步强调说:咱们也不点名发言了,从前排右起第一名开始,下面的接上。第一名看来是无法再推了,硬着头皮发言说:轮岗很重要,是政府机关工作的重要举措,坚决拥护、支持和参与到这一工作中,只是孩子小,家里早晚脱不开。

如此第二、第三发言,态度都很好,认识都到位,就是没有一个说:"我正式报名参加第一批轮岗。"不是这个说没经验,那个说身体不好,总之都有困难,领导不能不考虑到吧。主要领导看到如此这般难达到目的,就进一步要求:轮岗的意义重要性大家都很明确,认识很到位,但不是让你提问题、摆困难来了。现在就是要每个人说:去还是不去?会上又是一片寂静,大家对轮岗都有一种心中没底的感觉,轮出去回不来了,工作岗位没有了咋办。轮岗要做实事,到时没做点事,闲玩耍了几年,组织追责咋办。那样,难得的饭碗不就丢了。

时钟"当当当当当"响了五下,打破了会场可怕的寂静。告诉人们:五点了,快下班了。而从这个场面看,每个人没敢说"去"或者"不去"的话,就这样靠下去。

好吧,做个明确的表态发言吧,当兵人的冲劲又上来了,轮出去怕什么?顶多一切从头再来。轮岗就是"地狱""火焰山",我也要闯一闯。我不下地狱,谁下地狱?

会议气氛一下子轻松下来,或许大家在想,有了明确要去轮岗的,再让自己去的概率就小了,屋顶塌了有大个子在前面顶着。

下午回到家,才知道我们俩都参加了轮岗。身为单位主要负责人的她,纯粹是出于轮岗锻炼一下自己,空出领导位子让年轻人干。

两个人不谋而合,也如释重负,好像做了件大事。起码是冲到了执行上级党政机关决议的前头。怎么干、干好干不好后面再说。

炒了两个小菜,对酌了两杯,庆祝在人生旅途迈出大胆一步。

高兴而又心事重重地等待上级正式通知。

亲情浓浓壮我远行
——《轮岗日记》2003年4月19日

单位正式通知,同意轮岗人从2003年4月到2005年3月,时间两年(轮岗计划七个工作日上报组织部)。

在单位交接了工作,回家开始计划轮岗项目,一个一个项目浮现脑际,又一个个随之否定,半天也没理出个头绪。原本想静静在家休整一下,好好做个计划,不承想这日访客不断,询问电话一个接一个打进。

不论来访还是电话,都是莫名其妙地问:你俩轮岗是真的吗?有些好友更直接地问:在单位干得不称心,还是有什么意外?差一点就问:出了什么问题,犯了什么错?真是搞得哭笑不得。也说明社会人脉人缘不错,那么多关心爱护我们的人在身边,我们自然会有正确贴切的回答。党委政府文件要求,轮岗要派思想过硬,有经济活动圈子,认真负责有发展培养前途的干部参加。我们是组织培养重点,大家等着看好吧。

我们俩都是几十年党龄的老党员,经历过无数次组织的考验,尽管在党政机关工作单位,有舒适体面的岗位,就更应模范执行组织安排,而且干就干好,交出一份合格答卷。

经过多方面的考察论证,数次外出现场调研,着眼点放在了旅游行业。随着社会生活水平不断提高,国内外旅游观光的人越来越多,景点景观挖掘开发,旅游发展前景看好。云南大理,四季常春不受季节限制,资源丰富,看点多,是旅游爱好者和项目立足首选之地。

三千里外创业路
——《轮岗日记》2003 年 7 月 6 日

忍痛含泪别父母，三千里外创业路。

轮岗项目选定了落脚立足点和突破口，资金投入是在商海历练多年的亲戚。准备启程出发前一天，回老家和父母告别。子曰："父母在，不远游，游必有方"。年近八十的父母需要儿子尽孝，儿子又要服从组织安排，孔圣人指明了方向。回家就是为告诉老人轮岗远去他乡的苦衷，所去的地方，安排好照顾父母的方法。

父母兄弟姊妹知道我们近日就去云南，约定一起回到父母跟前吃顿团圆饭。席间，一家人显得特别淡定温馨，轮岗的事似乎不是什么话题，但父亲却时不时就不经意地说到远在云南的趣闻旧事，把一家人吃饭的气氛调整得更加轻松，这些就是亲情的理解和默契。

我记得原来当兵离家时，母亲是泪流满面，像再也见不到儿子了。这次，当我们挥手告别时，父母很从容。我知道在他们的心中，儿子经过几十年锻炼，已长大成人了，完全能有自己的正确选择，并为之努力获得成功的。在这一瞬间，我的眼泪险些冲出眼眶，害怕让父母家人看到难过，强咽下去。我似乎突然发现父母已不再年轻，花白的头发，满脸风霜的面容，我是多么希望在父母跟前让他们使唤，为他们尽孝。

敢在荒山扎营寨

——《轮岗日记》2003年7月9日

敢在荒山扎营寨,只为育得百花开。

两天一夜的行程,如期到达上关花景区所在地,抵达住宅已是半夜,宿舍被树木草藤遮挡着,丝丝微弱的灯光时隐时现。迎面那座天龙寺更给周围增添了神秘。山风从云弄峰上呼号着扑下,摇摆着寺庙飞檐上的风铃,一时像进入梦的世界。

潮湿并有霉烂气味的卧室,经过了提前打扫。村里的接待干部备好了便饭,当地人的话虽听不全懂,但从表情上足见很欢迎我们的到来。

村里人见我们也累了,匆匆告别离去。

卧室的老鼠在床下和顶棚板上跑来窜去,可能是欢迎一行远方而至的不速之客。在它们的阵阵嘈杂声中,很快睡着了。

早上被一阵阵鸟啼声叫醒,着衣出门环视四周,太阳从洱海的东方刚露出红红的圆脸,霞光万道洒落在水面,山下上关村里炊烟袅袅升起,把白墙青砖瓦,木制雕棱门窗的白族特有建筑点缀着,像一幅没见过的画,树冠如盖的大青树、桉树挺立在村口路旁,将一个近千户居民的自然村藏在郁郁葱葱的绿荫里。

收眼近顾"天龙寺",虽已年久失修,但仍存留着天龙神像的威严,从寺前松树拴挂满的吉祥符,想到原来香火旺盛的景象。顺着鹅卵石铺成的小道拾步上关花园,人还没走进到里面,花香早已扑面而来,根本分辨不清是玫瑰香、木棉花香、兰花的香还是曼陀罗花的浓重药香。路边那些好久没人修整打理的迎春花、紫藤花随意地张开着叶枝,冬樱那满枝紫红色的果子,几只松鼠跳跃在枝头,不时发出吱吱的尖叫,像是对我们的问候。

　　站立天龙泉旁边,眺望花园全景,尽管有些凌乱,但不失其美的轮廓,就如同一个美丽的白族姑娘,尽管衣衫陈旧,也没刻意梳妆打扮,美却蕴藏在骨子里。天龙池水里的鱼,闻人走来也跳跃翻动。水面不大也不深,但很清凉,水草旺盛,鱼就在草里游来游去。水中游的,山林中跑的,天上飞的,似乎都在欢迎我们的到来,期盼给它们新的生命和希望。

　　上关花风景区原来是上关村开发的一个半成品景点,由于种种原因没能正常运转。在地方招商引资推介会上,我们很快进入了情况。和村、镇、市有关领导的洽谈签约顺利地完成。

　　景区的一切地面原有建筑多是残垣断壁,破旧不堪,必须推倒重建,尤其是针对景区的两个核心看点:天龙洞和上关花大做文章。于是连夜召开会议,分析情况,制订方案,并把方案细化,落实具体时限。一、建设大型停车场,次年元月竣工,保证每天700辆车停泊流转;二、建设一条山下至山上的载运游客索道,解决去天龙洞路远、路窄、路陡,游客周转慢,潜在危险大的问题,保证每日运载不少于6000人次;三、完善天龙洞的灯光道路、景观修缮,保证有亮点,吸引回头客;四、打好"上关花"品牌。上关花是大理上关花,下关风,苍山雪,洱海月四大美景之一,保证游客慕名而至,乘兴而归,更想再来;五、挖深拓宽"天龙寺"的历史、文化内涵,保证游客感受到,寺庙虽小有文化。全部土木基建工程和设备安装于2004年4月20日前完成检查验收。2004年5月1日正式开业。

洱海月映不夜天

——《轮岗日记》2003 年 7 月 28 日

云弄峰上红旗展,洱海月映不夜天。

上关花天龙洞景区位于苍山十九峰首峰云弄峰下,前傍洱海的凤尾(洱海形似凤凰)。苍山又名点苍山,含苍翠黛绿之意,是云岭山脉南端的主峰,与秀丽的洱海风光形成鲜明对照。苍山有独特丰富的自然山地景观和山地户外资源,每年 4、5、10、11 月是登苍山的最佳季节。山峰积雪常年不化,山腰上苍翠欲滴,薄雾缭绕,如梦如幻。苍山十九峰由北而南组成,北起洱海邓川,南至下关天生桥,横卧在大理境内。旅游终年不受季节影响,到处都有亮丽的看点吸引观众。

苍山云弄峰下热闹起来了,山上彩旗迎风招展,路上车水马龙络绎不绝,推土机、挖掘机、压路机、大型机械彻夜轰鸣不停,一派繁忙。景区工作人员分工明确,各司其职,人人为赶时间、抢进度、保质量,不分白昼地工作。

当地党委、政府和旅游有关部门,尤其是上关村的群众都十分关注、支持上观花天龙洞景区建设,这毕竟是一个注资巨大,发展前景十分看好,能让一方群众脱贫致富的项目。政府有关职能部门明确安排,景区项目有需要报备报审报批的文件,随报随审随批,确保景区建设项目顺利进行。

开业盛况喜人

——《轮岗日记》2004年5月1日

开张日人山人海,看人气财气喜人。

经过几个月不分昼夜地施工建设,2004年4月中旬全部提前竣工,索道在技术人员和政府质检部门的监管下,进行各项数据采集和试车。由于施工中始终是把质量视为生命,试车一次性通过验收。道路停车场焕然一新,尤其是天龙洞和上关花园,经过僧侣师傅、工匠的悉心整理,以崭新的面貌迎接"五一"的正式开业,迎接省内外旅游者的光顾。

清晨,经提前培训的导游和服务人员百余人,身着白族节日盛装,早就按照分工在岗就位。

州、市、镇的领导来了,报社、电视台的记者们来了,地方旅行社的工作人员、旅行团的导游们来了,镇公安派出所和上关村民为维持游览秩序,保证安全,组织了临时安保队。上午九点,随着主持人宣布剪彩,景区正式开业。早已急不可待的游人,很有秩序地涌向索道入口,吊篮缓缓移动,在吊篮中向上可仰望云弄峰,向下可俯瞰洱海和上关花园,人们兴奋的高唱起民族歌曲。

正午12点,山间的人行道观景台都站满了游人。笑声、歌声、欢呼声,溢满山谷。

人忙不觉时光急,天色慢慢暗了下来,当太阳已藏到云弄峰后面时,仍有千余游客余兴未尽。好处是开业日,游人大部分是当地人。

待游客悉数离去已是深夜,管理人员仍顾不上休息。围坐在会议室总结一天的工作情况。各部门先分别汇报,当票务处负责人说到一天的收入时,与会者一下子忘记了一天的疲劳和夜深的瞌睡,兴奋了起来,都意想不到开张当天就有如此丰厚的收益。这天还是半价,当地户口游人免费。于是,又你一言我一语地热烈讨论起来。都想找出不足,发扬成绩,争取得到游客的最大满意度,争取游人一天比一天多,收入一日比一日高。从开业盛况和效益看到了景区的明天。

奋力坚守艳阳天

——《轮岗日记》2004 年 7 月 28 日

前进的路上不会一帆风顺,生活中不会总是艳阳天。

景区自开业后,游人不是越来越多,而是一天比一天少,有时一天只有几个人。"六一"儿童节免费为当地儿童和家长游览,还赠送饮用水和儿童节纪念品。节后,游人更少。望着空旷的大停车场空空荡荡,心急如焚,感觉到就是那索道支架上的喇叭也变了调。然而,越是这样的情况,越是肯有火上浇油的事出现,十天内就有四件事找上门。

一、山上水管断裂,景区全部停水。景区用水是从云弄峰西引流的山泉水。由于前几天的降雨,水管断裂,花园喷头不喷了、卫生间没水冲了、餐厅也没有水做饭了,这可真是大事。立即和村委协调组织力量抢修。原来需三至五天修复供水,这样一天就通水,村民也十分高兴。

二、天龙寺需停业整顿。近日接连收到有关业务部门通知,天龙寺有烧高香的,需停业整改。我们顿生一种预感,天龙寺香火旺盛的日子要来了。天龙寺不是默默无闻,名不见经传的深山小寺庙,而是已被社会关注,即将在经济大潮中腾飞的天龙,蕴藏着古老大理国厚重民族文化内涵的天龙寺,一定会给人们带来幸福、欢乐、吉祥、平安。

三、讨要工钱的民工来了。这天天不亮,就有三三两两的人来到景区,值班人员很开心地说:今天游客来得早也不少,还没高兴起来,就见原来几个施工包工头上来了,有的手中提了斧头、镐头、铁锹,他们为了讨要工钱,把家人和亲朋好友都约来了。主要为达到目的造声势,不一会就聚集起近百人。

突如其来的阵势真让人始料不及。依照工程签订合同,所欠工资也尚未到期。但是景区近期经营惨淡,没有像开业那天的红火,人们怕我们关门走人,就提前约人来讨工钱。

可以体谅民工的心情,但这种做法过于冲动,缺乏理性和法治观念。尽管有合同约定,景区毕竟欠他们工钱,处理不妥当容易激化矛盾,影响与民工关系和企业营销信誉。

让保安人员请大部分群众到会议室休息,只让两个包工头到办公室。两个包工头进屋里,又不占理,看上去就有理屈胆怯的样子。没等他们坐稳,就一顿义正词严的道理摆上桌面。一是未到合同付款期,二是聚众在景区闹事,影响景区正常经营的性质和后果。两个包工头心悦口服,立即表示带人回家不再闹事。

四、导游部的主管报告导游们要辞职。旅游景区的导游是景区向社会打开的窗口,是和游客联系的重要环节。景区对导游进行了长期严格培训,考核合格方能发证上岗。但这个岗位由于受外部因素影响大,存在极强的不稳定性,是哪里挣钱多就跑去哪里。

主管在汇报情况时说:一大半的导游提出辞职。说情愿交还培训证件费,其他费用也不要了。主要原因,景区游客一天比一天少,对景区前景产生了悲观失望情绪。导游主管自责自己工作没做好。这些不怨导游主管和导游们没信心,他们工作挣钱是为生活,为养家糊口。想多赚钱,生活过得好一点,人之常情合理要求。他们没拿到钱,对景区失去信心是景区经营者的责任,不应当让他们担责。立即组织导游部开会。

导游部的姑娘们还以为批评她们,不承想对她们好个表扬,肯定了导游对景区做出的努力贡献。景区表示,景区的大门随时为他们敞开着,去留随意。

散会后,大部分想辞职的又不走了。她们说:从老总的豁达态度,我们看到景区的好前景。几个出去待过一段的导游,在做其他景区介绍的同时,极力推荐上关花天龙洞景区,成为我们的义务宣传员,又回到景区工作后,表现得更努力认真。几年后,姑娘出嫁后仍喜欢在景区工作,优秀的导游还进了公司领导层。

好啊,奋力坚守,总会看到艳阳天的!

吃水不忘打井人

——《轮岗日记》2005 年春日

有了钱不忘挣钱难,有钱不忘回报社会。

春季是旅游的淡季,但是景区的百余人工资、生活费、水电等办公费用不能少。每月 10 日都是职工盼望的一天,因为这天发工资是雷打不动。保证工作人员的稳定收入是重中之重,这都是公司经营信誉的最好体现。

为了扩大营销,增加收入,公司主要力量组成两支突击队,一支走向社会,跑旅行社、车站、码头、机场,宣传推介景区特色、看点;另一支从人性化旅游细节抓服务质量,使景区经营收入迅速走出低谷,稳步攀升。

2005 年是轮岗经营收入较差的一年。从而也启发了我们对经济工作、钱的新认识。当你放下架子和面子赚钱的时候,说明你懂事成熟了;当有了钱,赚回了面子,说明成功了;当面子可以帮助赚钱时,说明自己有影响和社会地位了。若总停留在没有钱,只知道喝酒品茶,吹牛侃大山,不懂装懂,只爱所谓的面子,说明你永远不会有钱,一辈子就是这样子了。

钱不是万能的,没有钱是不行的。钱是试金石,钱是照妖镜,钱是一把打开理想大门的金钥匙,也是走向地狱的一道催命符,是一把可护身防敌的双刃剑,钻进钱眼里终会误入歧途。空叹喝钱财无用,视其如粪土,是那些不食人间烟火狂徒的胡言乱语。

当你经历了挣钱不易,事业蹉跎,离别之苦,就会懂得没有谁会被命运之神额外眷顾。当你觉得顺风顺水,阳光坦途时,一定是亲朋好友在默默地为你付出,替你承受本属于你所应承担的不易。

花钱投资很容易,不容易的是投资少的钱赚回多的钱,这才是能力、水平、机遇。钱能体现能力和水平,也能体现人的品德素质和奉献,有了钱才有能力回报亲人的关爱,回报社会的支持。否则,都是纸上谈兵。

有了钱不要向别人展示你的富有,炫耀钱财恰恰证明了你的浅薄和无知,社会生活中比你有钱的人很多,有了钱财要造福百姓,回报社会,方能告诉人们你挣钱的真正意义,证明你善良的心底,证明你有挣更多钱的可能。

夜深星阑遇獐鹿

——《轮岗日记》2005年3月26日

夜半獐鹿喜迎门,寒冬过去必是春。

第二期资金的适时合理充足注入,使景区内内外外充满了新的活力。经营理念上实行了大转移,由开始的基础工程建设,各部门人员岗位练兵,转移到对外营销、服务质量为主,基础工程逐步完善,循序渐进。在昆明、大理市区、喜洲、周城等政府驻地人口密集活动区域设立营销推介站点,到处能听到上关花天龙洞的声音,看到上关花天龙洞的影子。团队、散客成倍陡增,人气旺盛了起来。人逢喜事精神爽,时间也似过得快了,不知不觉黑了天,真是老想都是白天,景区总是人来人往,络绎不绝。

天暗下来了,习惯性地去几个岗位巡视一遍。值守人员在岗,且警惕性也高,人未走近就能寻声迎来。企业经济工作就是这样,全体人员的工作积极性、创造性,不仅靠思想教育,科学管理,最根本的是不断提高效益,增加工资收入和提高生活水平。

忙碌了一天,吃饭睡觉也都香甜,躺下就能睡着,什么饭也觉得有胃口。睡得正香,突然被一阵急促的撞门声惊起。远处的几只狗拼命地狂吠着,但又不敢靠近前,撞门声一阵紧过一阵。难道有蟊贼夜访?来不及着衣,执刃轻步从门缝向厅堂视看。一只像小牛犊大的獐鹿在撞门。它听觉极好。我觉得自己做得很小心,就像当年在部队训练侦察潜伏那样。鹿却听到了,转头向我看来,摇头摆尾,像和我很亲善,可能感到威胁它的敌人是那一群狗。借厅堂窗外投进的灯光,使鹿的眼睛闪亮如炬。

我拉开门,它也不惧怕乱跑,用鼻子在我身边嗅了嗅。像是知道主人要为它打开希望理想之门,我刚推开门,它只一闪身,就在夜幕中消失得无影无踪。那群狐假虎威的狗,还在更用力地吠叫。我想这些凡种俗子,怎么能知道那獐鹿神通法力呢。

第二天我早起床去查看獐鹿的来踪去迹。厅堂的门窗依然紧闭无隙。进入厅堂的大门迎面是停车场。侧门是我窗外的小路,一边是五米多高的峭壁,小路尽头是那狗守着,百思不得其解,獐鹿是怎么进入厅堂的?这真是:

山下茅舍夜已深,
忽闻访客频叩门。
闪身举灯细端详,
獐鹿点头示意真。

时已花放三月春,
莺歌燕舞绕山林。
天时地利人和睦,
世间万物亦助人。

景区来了个小蟊贼

——《轮岗日记》2005年9月11日

吃水不忘挖井人,也有坏人敲诈人。

客流不断提高,经济收入随之增加。旅游公司的职工多是所在村的村民,他们都有意想不到的满足。在家门口上班,有些是夫妻、父子、母子、兄弟姐妹俩,一起在景区供职,按照国家规定享受保险。工资不仅按时足额,而且一年比一年高,干得越好越高。从步行上下班,经过短期自行车电动车过渡,大部分人都开上了小轿车上班。

因为景区是大理上关村的土地、文化资源,公司景区除每年依照合同规定按时缴纳承包金外,村里修路、建桥、扶贫助老、帮残都主动伸出援手,无偿捐赠。学校的孩子过儿童节,带上礼品祝贺,老人们重阳节到了,把老人请到山上来吃饭、游玩、唱歌跳舞,一派祥和兴旺的景象。原来辞职"跳槽"到其他单位工作的导游不仅自己回来,还带来一些好导游。

然而,林子大了什么样的鸟都有,人上一百,形形色色。公司给国家创造了利税,改善了群众生活,也有居心叵测的人打起了坏主意。这天晚上,突然收到一条陌生人的短信息:"准备二十万现金,明天晚上,按照电话通知放在指定位置。不要报警声张,爆炸装置已妥,随时可遥控起爆。"不法分子胃口不大,一看就是小蟊贼在玩小儿科游戏。虽不相信有遥控爆破这一套,但也不能掉以轻心。那就陪上玩一玩。

第一时间将收到信息的情况报公安部门备案。不报警是不行的,我们不是怕坏人,而是不能纵容坏人。在电话中和公安人员商定了预案,力争一举抓获。

　　第二天刚下班,陌生短信息来了,说:还算讲信用,没有报警,但今天送款远些,晚九点到沙坝村头,待会儿再联系具体位置,只准公司一台车去。

　　可见不法分子一天都在注视着景区情况,公司的车没出去,也没有警车上景区来。公司的北京牌照车太招眼了。

　　从景区到沙坝村近二十公里山路,立即联系公安人员并驱车前行。刚到村头,信息又来了:那边不去了,再送省道路口吧,车到路口,停左侧,人不能下车。钱包从左客坐窗递出。

　　警方根据信息发送,锁定作案分子是公司景区附近的人,我们从收到的数条信息分析,作案分子对附近村名、道路如此熟悉,和警方人员排查一致,并认定是青年(或未成年人)一人作案。

　　车很快就要行驶到路口,陌生人信息来了:接近路口时,不准开车大灯,停在那里就行了。

　　折腾了半夜,路静人稀。车刚驶入指定位置,就见一个单薄苗条的瘦小身影,急匆匆靠近车来,走到左后窗前,正准备伸手向车窗接钱,前后车门同时开锁猛推,后车门用力将坏人撞倒在地,前车门的人迅速现身摁住,早已隐藏在路边的公安人员上前铐住。连夜突审:他供述没有放什么炸药包和引爆装置,就是想骗公司点钱花。事情如此简单,作案人是个半大孩子。想花钱又不想凭劳动挣,模仿电影电视故事玩敲诈,结果触犯了法律高压线。太可悲可怜了。

做客大理人家

——《轮岗日记》2006年6月12日

大理人待客朴实热情,请到家中吃饭很简单。

随着和大理人们的工作、生活接触交往,感觉到大理人虽然看起来散漫自由休闲一点,但民风淳朴、热情,很喜欢邀请到家中吃饭,家中坐坐烧茶喝。有几次应邀吃饭就大开眼界,受益匪浅。

机关工作的朋友请吃饭:收到的邀请电话说,花园街边,去了就能看见,我们想:机关工作的朋友请吃饭,一起说说话,交流一下感情,是件好事情。就很快到了花园街,街两旁没有一辆车,饭店也是快餐性质的小吃店,就开车在街上来回找了两圈,都没有找到。正准备电话联系,朋友的电话打进来了,说再向前十米就到了。让我们想不到的是,这位正处级现职领导,没有前呼后拥地在星级酒店,而是在一个小店门前向我们招手。朋友歉意地说:看到你们车来回两圈,还以为你们办事情也没喊。屋里有三张小饭桌,朋友已在其中一桌沏好茶等我们。吃饭时两个炒菜两碟小咸菜,一盆大米饭,一碗青菜汤。我们见了有点过意不去,又要加菜,倒被朋友婉拒了。我们心中想:这真是位能思一粥一饭来之不易,值得倍加珍惜的好朋友。

晚上,广告公司的老板请到家中吃饭,我们也愉快应允。出门在外,朋友多了总是好事情。按时备礼前往,主人一家早在门前恭候多时,我们一到就立即上菜上饭。一盘酸辣鱼,一盘肉丝酸菜,一大盆米饭。见我们开车去的,也不劝酒,自己斟上喝了起来,使我们感到轻松愉快,产生一种回到家的感觉。

在大理农村,多数户主请客,都是在家中安排,中秋、春节、端午这些大节日是少不了的。家里人红白事、老人生日、生孩子、满月取名、百日、退休等等,一个题目就请一次。婚丧嫁娶、祝寿大事要设大席,杀一头猪,蒸一大锅米,菜是当地风俗的八大碗,只要感到相互关系不错,全村人都可以连续去吃三天,外地的客人更是备受欢迎。若随礼也视情随意几元几十元钱,或两瓶酿造酒。虽然饭菜简单,那种气氛却是其乐融融,十分融洽。在大理多年,我们也不知不觉地融入其中,把自己当成了其中的一分子,积极参与,与当地群众共同分享快乐。

大理处处好风光

——《轮岗日记》2008 年 3 月 2 日

大理处处风光好,姿色各异皆可人。

大理可以说到处都有景看。站在洱海的小船上,眺望苍山的白雪,苍山十八峰连绵起伏;若坐在天龙洞的观景台,俯瞰山下稻田象大棋盘,洱海如一面明镜,顿觉心旷神怡若入幻境;路边的小溪流水潺潺,溪流中鱼虾也显得悠闲自在;无数叫不上名字的花,晃动着美丽的面容,是在真诚地迎接您的来到,一个景一个传说故事,一个景给人一种全新的体验,一个景定会给你一个美好的记挂。

上关花天龙洞风景区:让人看到大理"风、花、雪、月"美景之一的上关花。明朝大旅行家、地理学家徐霞客曾不远万里来访,并在游记中赞上关花"其花黄如杷,大如莲,开时香闻甚远"。天龙洞中把金庸先生的《天龙八部》故事体现得淋漓尽致。

蝴蝶泉:在最大白族居住地周城,1961 年秋,郭沫若不仅在蝴蝶泉边题写"蝴蝶泉",还吟《咏蝴蝶泉》诗赞之。电影《五朵金花》对泉边美景作了真实呈现。

崇圣寺三塔文化旅游景区:旅游景区内有大理"文献名邦"象征的三塔,有号称"百夏千佛"规模宏大的崇圣寺,崇圣寺建于南诏佛教鼎盛时期,1961 年被国务院公布为全国第一批重点文物保护单位,有三塔倒影公园,从而成为最能代表大理形象的最美人文和自然景观。

南诏风情岛：集人文景观、自然景观、传奇故事于一体，集白族文化之精华，是观赏苍山、洱海风光的最佳位置。让著名作家苏童游览后也由衷感叹："留下吧，留下吧，在苍山洱海怀抱里做个梦，滞宿小岛对我们今后的回忆。将留下一个永生的难忘的华彩乐章。"

天龙八部影视城：是2002年为拍摄金庸先生的《天龙八部》剧作而建的基地。

罗荃半岛文化旅游区：由天镜阁、观音阁、罗荃寺、罗荃塔、石骡子组成。有"地占山海之险，境夺天地之妙"赞誉。汉代司马相如出使西南夷时，在附近眺观洱海后，令人在石窟上镌刻一联："此水可当兵十万，昔人空有客三千。"

感通索道：可直达苍山大峡谷的清碧溪，连接玉带云游路。在索道客厢里可一览白云缭绕、林木郁郁葱葱、山花烂漫、终年积雪不化的苍山，远眺烟波浩渺、白帆点点的洱海。

喜洲严家白族民居：喜洲是金花的故乡，是白族社会的缩影。喜洲白族民居建筑被列为国家文物保护单位，是大理地区白族民居建筑的典型代表。它特别重视照壁、门窗花枋、山墙、门楼的装饰。照壁正中以石灰涂白，书以四字题言，或嵌大理石屏。门窗，尤其是主房堂屋的格子门，多为云木、红椿、楸木等名贵木材，雕有金鸡富贵、松鹤延年、喜上眉梢等民间吉祥图案。

五华楼：在大理古城中心街复兴路中段，是古南诏国政治、经济、军事、文化中心。是南诏三大名楼之首（彩云楼、双鹤楼、五华楼）。

张家花园：是白族姓氏文化建筑的代表作，是大理二十一世纪民居旅游名片。游客评语：真漂亮！张家花园美轮美奂，是我们继故宫后最值得重游的居民园林景观。

如果时间充裕,还有将军洞、洱海公园、山海大关中和寺、苍山神祠、蛇骨塔、罗刹阁等古迹景观任你观赏。

在游览途中还有随处可见的大理特色小吃、土特产,可品尝一下,也可挑选中意的小物件,买几件作为留念,赠送亲朋好友。

三道茶:白族三道茶指的是"苦茶""甜茶""回味茶"三道。头道茶为"苦茶",又称"烤茶"或"百斗茶";二道茶为"甜茶",放有乳扇、生姜、蜂蜜、核桃等配料;三道茶为"回味茶",茶中放有花椒等配料。"三道茶"具有很深的哲理,是告诫人们要"先苦后甜,要勤劳,才有甜蜜幸福"。"回味茶"是提示人们每走一段路程,都要回顾品味一下,反映了白族人民乐天、自信、热情好客,追求稳定和谐的性格。

乳扇:是纯牛奶制成薄片,形如扇而得名。常见有三种吃法,一是微火烤黄而食,二是豆沙夹在乳扇里油炸而食,三是"三道茶"在第二道甜茶中加点乳扇,嫩而润口。乳扇乍吃是有奶腥膻味,吃习惯就感觉香美。是云南十八怪之一"牛奶做成片片卖"。

喜洲粑粑:是小麦面粉为主料,在发酵面粉中加土碱揉透,再用精油分出多层,撒上葱花、花椒粉、火腿或肉丁猪油渣。分甜、咸两种。做成直径约15厘米大小的面饼,用炭火烤制而成的一种色、香、味俱全、考究的面点,是白族的传统风味。

饵块:作为大理地区传统食品,在春节期间,家家户户都要制作大饵块。在冬季的年头岁尾做小饵块。小饵块是用木模压制或手工捏制成花卉、动物图案,亲朋好友间相互赠送的礼品。既是风味食品,又是民间工艺品。饵块是用优质大米精制而成。是云南十八怪之一"米饭饼子当饵块"。

白族酸辣鱼:是白族独具风格的一种吃法。用洱海的鲜活鲫鱼去鳃、内脏,但尽量保留鲜血。放上葱、姜、干辣椒和酸木瓜烹饪。吃起来虽咸、酸、辣味偏重,但绝无半点腥味,有鲜、甜、脆的口感,不喜欢辣、咸的人可提前告诉服务人员,但是若到了大理不吃白族酸辣鱼会留下遗憾,就不算吃过白族的特色美食。

生皮:是在民间做客经常见到的一道珍贵、恐怖的菜。因为在白族生活中,生皮是很上档次的特色小吃。没吃过的人的确是望而却步。将火烧猪的皮切成条状,用辣椒、鱼腥草等佐料制成的蘸水蘸食。就是眼瞅着当地白族朋友吃着生皮津津乐道,也不敢试一试。

过桥米线:虽然发源于云南蒙自,但现已成为整个云南的名吃招牌。到云南不吃几次地道的过桥米线,就像去了北京不吃北京烤鸭,去了杭州没吃楼外楼叫花子鸡,去了兰州没吃牛肉拉面那种失落。过桥米线的亮点在于那个大海碗盛着80多度的高汤,这高汤是用土鸡、大棒子骨熬制,有切得薄如蝉翼的金华火腿、豆芽、春笋片等十几道小菜。先将配菜倒入海碗,然后倒入米线。这一海碗米线解渴、充饥、解馋,尤其是旅游出门在外,从卫生要求,营养价值各方面都很称道。

洱海海菜:是洱海中天生一种海菜。茎长四五尺,柔软无味,茎顶开花有苞。每苞开四、五瓣白色小花。连同花苞叶与芋头合煮成粥状汤,是当地白族人爱吃的一特色菜。

到了大理就以买大理石、玉石制品为首选。大理石种类繁多,石质细腻,色彩丰富,花纹翻新。白族人民将它归纳为水墨、雪白、采花、银灰四大类。手工艺制品有花瓶、桌椅、茶几、小的牙签盒、烟灰缸、笔筒等。玉石以翡翠制品居多,手镯、挂件、小饰物。买玉石制品一是要货比三家,二是要有识别真假好坏的技术常识,否则会花冤枉钱。

大理扎染:俗称"扎染布",是一种古老的手工扎缝印染工艺。

以纯棉花、丝绵绸、麻纱、金丝绒、灯芯绒等为主要面料手工扎缝，扎染布色彩凝重素雅，古朴明快永不褪色，对人的肌肤有消炎保健作用，避免了现代化学染料对人体有伤害危险。产品不仅有成批布，还有制成的桌布、门帘、服装、帽子、台布、壁挂等。远销日韩英法澳美等国际市场。

大理名茶：是云南普洱名茶之一。下关茶厂生产的陀茶是大理普洱茶之精品。形若碗，色则乌亮油润显毫，油润，香气清醇馥郁，汤色橙黄明亮，滋味爽快回甘。具有清心明目、提神养颜、降脂降压等保健作用。在国内与"云南白药""云烟"被誉为"滇中三宝"。1996年在法国巴黎荣获第10届质量金奖。

白银饰品：手工制作的白银饰品历史久远，做工精细款式多样，主要产品有九龙壶、手镯、戒指、项链等上百种，也可以现场定做。大理古城展销店到处满目琳琅、闪光耀眼，令游人过目难忘。

赶千年的"三月街"

——《轮岗日记》2009年3月22日

千年赶一街,一街赶千年。

"三月街"是白族的传统节日,已经延续了千年之久。"三月街"的时间是每年从农历三月十五日开始,至以后的七天左右,活动内容和场景可以用"一年一度三月街,四面八方朋友来;各族人民齐欢唱,赛马唱歌做买卖"来概括。

白族"三月街"是当地政府对外宣传旅游的重头戏之一,在海内外享有盛誉。众多的海内外旅游者在三月街期间如期而至,参与和体验白族盛会。

"三月街"每年都在苍山东麓、大理城西举行。当地政府开辟了活动场所。用大理石砌的大石门坊内商家云集,家家门前挂起彩旗。白族人民都把最好的工艺品,土特产品拿到"三月街"推销出售,把最优秀的文化节目在"三月街"演出,选最好的骑手参加赛马表演。有许多贵州、四川、陕西的商人也慕名而来,参加这个民间传统艺术搭台,合唱经济繁荣大戏的盛会。"三月街"盛会人山人海,超过百万,贸易总额逾千万。"三月街"分为五个区域:即百货市场、牲畜市场、药材市场、赛马场和城里综合市场。

入夜,华灯齐放,"大本曲"等文艺演出通宵达旦。

由于"三月街"有非常浓郁的民族特色,又是颇具影响的民族盛会,地方政府把"三月街"改名为"三月街民族节"。节日期间放假三天。正如当地群众所说的"三月街"是"千年赶一街,一街赶千年"。

在我们心中,"三月街"是集中体验大理风俗民情的理想时间,因此每年在此期间,我们总是邀请亲朋好友到大理来游玩。往往朋友们逛了之后,依然沉醉在"三月街"赛马场骏马飞奔的激烈壮观场景,市场熙熙攘攘的热闹之中,意犹未尽。有的又问:还有哪些富有民族特色好玩的活动节目?

我说那太多了,白族人民每天都有节,都在唱歌跳舞。白族本主节,本主庙会各村各寨都有,时间不同,一年四季均有民间演唱。

火把节:是在农历六月二十四日至二十五日,被称为"东方狂欢节"。是白族全年节日中除去汉源节外最正式最隆重的本土节日。在火把节这一天,每个白族村落都要在村中场地上竖起一根或数根大火把,各家还备有小型火把,人手执一根。晚上大小火把一起点燃,火光映天,很是壮观。人们挥舞火把穿行于田间以求丰收;还有的人举着火把骑马奔驰村落边,以驱邪除魔保平安。远远望去,条条火龙,就像"万朵莲花开大地,一天星斗降人间"。

绕三灵:又称绕山林,祈雨会,白语称"观上览"。意为游逛山林绿园。每年的农历四月十三至二十五日便是"绕三灵"盛会。所谓"三灵"即"佛都"崇圣寺,"神都"圣源寺,"仙都"金龟寺。参加绕三灵队伍,第一天"绕"佛都崇圣寺,第二天"绕"神都金龟寺,第三天顺洱海边"绕"到马久邑本主庙。白天,参加"绕三灵"的人们自由组成若干小团体,排成长长的两路。每个小团体都有两个长者抬着柳树枝作一问一答式的对唱,边唱边用柳枝击地,有节奏地指挥小团体的唱歌和后面的霸王鞭、金钱鼓、八角鼓的舞蹈,最后边是唢呐、笛子、叶子的伴奏和歌唱队伍。

晚上,"绕三灵"的人们,三五成群地宿营在田野和树林里,点燃一堆堆篝火烧茶煮饭。老人一边品茶,一边弹响三弦,唱起白族特有的"大本曲";青年男女则约上自己的恋人,在树林溪水边谈情说爱,直到天明。

白族人民能歌善舞,走进大理到处能听到《月光下的凤尾竹》《蝴蝶泉边》《小河淌水》等在全国传唱已久的歌曲,能看到跳打霸王鞭、八角鼓的白族姑娘影子。

别样的白族礼仪

——《轮岗日记》2010年5月9日

时逢春日好风光,男女老少做客忙。

白族人民热情好客,性格外向,溢于言表。三月街、绕三灵等盛大民族节日一个连一个,人们整天洋溢在节日的欢乐气氛中。相互邀约做客就更多。我们外族人在和白族朋友交往中,一定要了解并尊重民族礼仪礼节。白族对人称谓往往加上一个"阿"字,表示尊重和亲切。儿女称父母为"阿爹""阿母",称爷爷为"阿老"。长辈对晚辈也可加"阿",表示亲昵、关爱,如"阿弟""阿妹"等,第二人称代词尊称时多用"呢",相当于汉语的"您"。访友或探访病人,不是特殊情况,一般不在上午,以下午或晚上为宜。春节时,正月初一这一天,一般不能到人家串门,如有人来串门儿,认为一年的财喜被串门的带走、冲散了。白族习惯喝烤茶,普洱茶。喝茶讲究茶具,讲究酒盅要粗糙,茶盅要精巧。献给客人的茶盅以洁白精巧的瓷杯为上品。斟酒斟茶要满酒浅茶,"酒满敬人,茶满欺人"。这些不成文的礼仪,标志着主客相互尊重和礼貌。

离别的祝福
——《轮岗日记》2010年9月29日

时光荏苒逝去,情怀心中永驻。

接到单位通知:党政机关干部不准参与经济实体,已参与的立即撤回。立即盘点公司景区的工作情况,准备向集团交接。

回顾近十年的旅游工作,和当地干部群众结下了深厚的情谊,回望景区的山更绿了,乍来栽下的小树长成栋梁之材,处处都披上新装。那些咿呀学语的幼童长成了学生,一到星期天就喜欢来我们的身旁。

我们要回山东的消息不翼而飞,也传得特快。州、市、镇的领导和朋友来践行,尤其是上关村的群众和公司的职工排着号儿要请吃饭,表示感激之情。每家都去显然不可能,只好有重点选择表达谢意。

今天去村里张阿伯家,景区的建设和发展,张阿伯当成自己家的事,关心支持很大。听说我们要走,上景区来了两三趟,说按白族人家的最高礼仪,准备了火烧猪,一定到家中吃顿饭再走。

为了和张阿伯说说话,也为见识一下火烧猪,到张阿伯家时,猪已被捆好在地上瑟瑟发抖地哼叫着。张阿伯迎进我们,立即吩咐开始。

屠夫熟练的一刀,使猪脖子的血如喷泉,早已有放了盐巴的盆在脖子下边,喷出的血冒着热气和气泡,一会儿就是半盆。把杀死的猪放在堆起的稻草上,又在身上盖了一些稻草,点起火。人们在一边用锅盖等用具扇动着火,火苗很快弥盖了猪的全身。噼噼啪啪的声音伴着猪毛烧焦的气味飘满院落。这就是白族人杀猪不用剥皮刮毛的火烧猪。烧了一会儿,把猪翻转一下,用水冲洗着用刀刮去烧焦的皮毛。放在稻草里,再重新点火有重点地烧。火烧猪,火烧的火候是技术关键,烧大了皮焦了,烧小了不熟毛刮不干净。掌控好了烧出来的猪用刀一刮,皮呈黄色,闻着肉香。

烧好了猪,家人已把猪肉饭用盆端出来,放在我们面前。原来是刚才的猪血做成的。捏成一小块尝了一下,软、脆、咸咸的,蘸一点做好的蘸水,也不难吃。张阿伯让人削剥下一块儿生皮让我们先尝,这许是对客人的尊重,只好硬着脖子接过来,一边嚼一边夸赞着:香,真香!实际上早已咽不下去了,不敢细品什么味道。

这种离散的请客吃饭,心情总是那么压抑,再好的酒肴也感觉索然无味,只有说不完、道不尽的感激和祝福。

第四编
童趣历历

童年的玩具原始、简陋,却承载着无尽的童趣。我不愿意失去这些充满纯净、天真、浪漫和幻想的玩趣,更想在拾遗路途找回那种无可替代的童真,给人以快乐。

——题记

童心童趣好

童心童趣好
是人生的宝
想说就说
想叫就叫
无拘无束
心比天高
敢上树上墙爬屋
掀瓦掏鸟
敢渡河不用走桥
拽住爷爷的胡子
逗个开心笑
向奶奶撒娇
扯着胳膊街上跑
饿了渴了
河边田园细心找
嚼把茅根
味比山珍好
拾把柴火烤豆薯
摘一抱瓜果梨枣
你争我抢

吃个肚圆饱

逗个蛐蛐唱

养只蝈蝈叫

小曲伴着跳

雨来了怕晒了

举个藕叶罩

小小游戏

兴致蛮高

玩得汗流浃背

满脸泥道道

你指着我笑

我拽着你闹

不用脱衣水塘跳

一下全洗掉

滚上铁圈跟着跑

比坐轿车兴趣好

看到骑自行车的

一齐跟上跑

放学路上嗷嗷叫

未进家口声先到

娘已盛饭在碗里

唤叫听不到

顶上日头草丛找

捕个蚂蚱喂喂鸟

童年时光过去了

童趣唯在梦乡找

人生坦途实在妙
岁月无情催人老
明知童心童趣好
终生秉守真太少

放 牛

童年玩趣之一

童年上学时很盼望放暑假，放了假可以当几十天的放牛郎。

这个季节，农活用马、牛牲畜少。为节省饲料，又给牲畜催膘长劲，生产队就把放了假的孩子派上用场。

安排十几岁的孩子，一人牵放一头牛。因为牛吃带露水的草不好，每天太阳很高才牵出去，晌午又牵回牛栏。下午再牵出去放。有时也去远的地方放，中午各自带上水和干粮。孩子们特别喜欢在外面吃饭。你尝我一口干粮，我喝他的一口水，感觉格外香甜。

假期时放牛，孩子家长高兴，白天放牛挣半个劳力的工分，晚上做作业学习，孩子们就更高兴了，几个孩子牵牛到田埂、河边、山坡，到处转悠，不用跟上大人干活受约束，就像到了一个自由王国。偶尔抓住草丛中惊起的蚂蚱，用草梗穿起来插在斗笠上。

找到开阔、较大的草场就更好了。把缰绳一头拴在牛前腿腕下。这样使牛抬不起头，走不快，总低头吃草。孩子们可轮流看牛，其他孩子在草场上摔跤、翻跟头、做游戏。看小人书,一人念,大家听。还轮流讲故事,不会讲故事的孩子就被罚着看牛。所以,孩子们都准备了几个故事。躺在散发着花草清香的草场,望着蓝天白云,惬意无比。

大的草场一般都在河床、水库边。孩子们把摸的鱼虾,捕的蚂蚱用树枝串起来,架在火上一烤,微甜的鱼虾香味,想起来就馋得流口水。

孩子们为了让牛吃得饱肯上膘,哪里的草多,牛喜欢吃,都了如指掌。天气好就到远些的地方,天气不好就在近处。哪一天去哪里放孩子们都有约定。

当夜幕降临,村落炊烟袅袅升起,孩子们有的牵着牛,有的骑着牛,说笑着,哼着歌曲小调往饲养园走去。到村口时都把鞭子抛的啪啪响。这既是比赛谁鞭子响,又是告诉生产队的饲养员:放牛郎们回来了。

看露天电影

童年玩趣之二

童年很少看电影,一年看几次电影、在哪个村的什么地方都记得清清楚楚,放电影的是由城里的电影放映队,有偿轮流在条件好的村镇放映。偏远、贫穷、经济落后的小村是从来不放电影的。也难怪那些巧舌如簧的媒人,把哪个村经常放电影也当作证明条件好的例子。

在哪个村放电影,提前好几天就能打听到。从得到消息就数盼放电影那天快到,并约好伙伴。远的村,要走十几里路。为占个好位置,去时一般都是跑。夜里,隔很远就能听到喇叭音响,望见耀眼的灯光和方方白白的幕布。有时跑到场地,已是人山人海,黑乎乎的一片,只能从人隙中隐隐看到幕布。也经常在幕布背面看,影像效果不如正面好,但也总算过了看电影的瘾,没白跑一趟。由于人多,大家都翘首凝望,引起人群"打忽"(相互挤动)。前面是坐小凳子的,中间是站着或坐高凳子的,再后面的就站在凳子上,"打忽"也就是正常事了。

看电影回家的路上也是一路跑,也不觉得瞌睡。边跑边兴高采烈地谈论着电影中的故事情节和人物。李向阳、小兵张嘎、胖翻译官、胡汉三等正反面人物的语言、动作模仿好长时间。

若在自己本村放电影,孩子们就像过年过节那么高兴。父母会提前提醒告诉亲戚家的孩子,在露天放电影场占下地方。孩子们早摆放上凳子,搬些砖石块,或用粉笔在准备挂幕布的地方占个好地方。

　　盼了好久的一场露天电影,也遇到过不少天不作美的日子。放映员刚放好机器,天下雨了。放映员也很理解观众的心情,撑起雨伞尽量放。一直到实在不能放了,大人孩子们才在一片叹息中,依依不舍地看着幕布落下。有时两三个村同时放映一部电影片,这叫跑片或串片。这个村放映完一盘立即送到下一个村。观众在等片时有议论电影的故事情节,有的借机打个瞌睡。但一听到片子到了,全场一片呼叫声。

　　那时曾天真地想,电影放映员的工作太好了,到村里放电影群众都欢迎,自己还能天天看电影。

打 瓦

童年玩趣之三

孩子们在一块较开阔的空场,如冬季闲着的菜地、麦场,搬来石头、砖块,垒成数堆。每一块象征着一个职位。阎王一堆,县官一堆,二至四堆为县衙役,通锤、拧鼻子、拽耳朵等若干(可根据玩的伙伴多少增减)。

摆好阵容,玩的孩子每人手持一块得心应手的石头,站在最前排中间的"阎王"边向前扔出手中的石头,扔出去要记住自己的位置。全部扔出去后,由扔得最远的孩子先"打瓦"。用手中的石头投打自己意中代表职位的石头。若是打到"阎王",孩子们蜂拥而抢那些还没人打到、抢到的职位。抢到了就用脚或手护住自己的那堆,生怕别人抢去似的。年龄大一些,跑得快的孩子,总喜欢打"阎王",这样容易做"县官"。

"县官"升堂,其他职守各自就位。两边衙役一手拽住被打孩子两条胳膊,一手打其后背。甲衙役打一下就喊:打金鼓,乙衙役再打一下接上喊:上金桥,县老爷,饶不饶? 这是向县官的请示、报告。

说辞虽简单,但不能说错、听错、答错。不管县官或衙役,一说错答错,就自觉绳之"以法",走上被打的位置。

打多少次,由"县官"说了算,就是说:饶或者不饶。行刑轻重与否取决于被打者和执行者的关系。

孩子虽小,也有朴实的爱憎恩怨,这次你打了我三次,我下次做了"县官"也不会饶你,你拽他狠,到时候他也不轻。

如此几个回合,尽管是三九寒冬,大家也不觉得冷,都会汗流满面。玩着玩着,一直到家里人叫,才不依不舍地散去,并将玩的石头放好,第二天或下次再用。

拉 钩
童年玩趣之四

　　童年很喜欢和大人或孩子们之间盟约较劲，拉钩就是常用的一种方式。

　　两个人的小指缠绕相钩就叫拉钩。在拉钩的同时，嘴里不约而同地说词：拉钩上吊，一百年不许变。相互保证约定，也可引申为说话算话，遵守承诺的意思。

　　事情的结果不论怎样，但拉钩的当时，就感觉到想办的事有了保证，心里无比得宽慰和高兴，踏实了很多。比如：向大人提要求买点什么玩具、文具啊，和伙伴们约定什么事情等，有助于从小培养孩子诚实守诺的良好习惯。

挤狗屎
童年玩趣之五

三五个或更多孩子，越多越热闹。在秋冬季玩得多，游戏既锻炼身体又可取暖。

孩子们找一个有墙拐角的地方，顺着一侧墙，面朝外站成一排。排在后面的孩子用力向墙拐角方向挤。一边挤一边用身体侧面撬搡前面的孩子。靠近墙角和前面的孩子使劲把身体贴紧墙，撑住后面的挤，防止被挤出队外。挤出来的被戏称为"狗屎"，排到最后头再往前挤。

下五棍(也称庄户棋)

童年玩趣之六

在经济匮乏的童年,一个村也找不出几户有象棋、军棋。而这个庄户棋,随手可来。田间地头,院落门楼洞,蹲下就是,且简单易学。

在地上画棋盘:五横线、五纵线画成正方形。相交点称作"花儿"。然后双方准备不一样的棋子。或沙石、土块或草梗树枝,就地取材,只要两人用的棋子不一样就行。

开始下子一般是长者或幼者,以示尊老爱幼同情弱者。当一人棋子布成一个小斗方(一个方格四个花儿的子)、三斜(角上两边的第一到三个花儿布成斜线)、四斜(角上两边的第一到四个花儿布成的大三角斜线)。大棍(占了一条线上的五个花儿)、通天(在棋盘对角布满花儿)就吃占对方(小斗方三斜一个子;大棍四斜两个子;通天三个子)。当双方把全盘二十五个花儿布满子,便将前期吃占的棋子取掉。如空花儿边没有此人棋子或没吃占的走不动,就只好"逼"子,每人逼一个棋子。

在走棋中,阻碍对方布成斗方、三斜、四大棍、通天。自己想方设法布成小方,三斜、四斜、大棍、通天,一旦形成就依照约定吃(拿走)对方的棋子。在斗方、三斜、四斜、大棍、通天花儿位上的子吃不动。当一方棋子被吃,摘掉大部分,难以再组织布局时候,宣告败局。

打 宝

童年玩趣之七

用纸折叠成正方形的"宝",可两人或多人玩。一方将宝平放在地上,另一方用宝摔打对方的宝。若一下子打翻过来,就赢了,并缴获被打翻的宝为己有。输的一方就再放一个宝在地上供对方继续打。若对方一下子打不翻地上的宝,对方就拿起被打的宝再打对方的宝。

为使自己的宝不易被打翻,又能增加在打宝时的力度,就在折叠宝的时候选择厚重柔韧的纸。

玩这个游戏可以在放学回家的路上,在院子里、室内均可,也可以自己打。打上一会儿,胳膊就摔得酸疼。两人开局,多数用石头、剪刀、布游戏的输赢决定。赢的先开始打输的。

打水仗
童年玩趣之八

夏天在水塘、河里洗澡戏水纳凉时,孩子们分为两组,也可一人对一人,一人对多人打。

脱得光溜溜的孩子,用双手或单手击水,泼击对方的面部,致其睁不开眼睛,憋着气,不敢张嘴呼吸。撩击的水越多,速度越快,使对方无法还击,只好逃避。也可佯装逃避,猛回转身击水,打对方措手不及而胜利。打水仗双方往往越打越近,最后两人抱在一起,在水里扭打。

会游泳的孩子可在深水区玩,用踩水等各种姿势。若战况对自己不利时,一个猛子可扎到水底逃离,再寻找更好的攻击位置,容易获胜。不会游泳的孩子,只能在浅水区安全的水中玩。

过家家

童年玩趣之九

这是个流传全国各地的游戏。

玩游戏的过程中,孩子们模仿成年人的家庭、社会活动,一人或多人都可以玩。如像大人做饭、收拾家务、待客。用树叶、砖石块等充当饭菜和桌凳。有当爸爸妈妈,哥哥姐姐的,一边做一边念念有词地说话交流,全是现实生活中成年人活动的再版,然而孩子们都神情稚嫩,使人忍俊不禁。

在儿时家乡玩过家家,女孩子玩得多,男孩子也会掺和进去凑热闹,但像嫁媳妇就不敢,害羞。若扮了新郎,孩子们会传说很长时间,谁谁嫁给谁做媳妇了。

除了嫁媳妇,还有较热闹男孩子爱玩的"骑马打仗"。两队由大些的孩子驮着小点的孩子,被驮着的孩子相互推、扯、拉、搡。"马"被推倒或骑在上面的人被拉下,就算输了。

现在陪孩子玩这个游戏,爸爸、爷爷当马让孩子骑,儿子、孙子扮演爸爸妈妈,很严肃认真地听孩子教育、指挥,心里也十分高兴。

游 泳
童年玩趣之十

记得童年时,每个村会有三五个水湾,用于村庄的排涝蓄水。一到夏天,雨水蓄满了湾,便是游泳的好场所。看到大人和会游泳的孩子在水里游来游去,一会儿像鸭子一样扎到水里,一会儿从很远的地方露出头,撸把一下头上的水,大叫大笑地卖弄着,真馋人。自己开始不会游,只能在边上水浅处抓住岸边的树根、树枝,两条腿在水面乱扑通。大人和会游泳的孩子也时不时教一教,慢慢地也就学会了。

游泳花样较多,经常用的是仰嘎游(也叫仰泳,身体仰卧水面,两臂两腿摆动击水,稳当,用力少);打嘭嘭(身体趴俯水面,两手搏水,用两条小腿、脚击水,发出嘭嘭声。随着嘭嘭响声,身子向前蹿动);扎猛子(潜泳,全身扎到水里,在水下活动。游泳技术不好、不了解水下情况,一般要谨慎扎猛子,怕有危险);踩水(站在水中,用腿带动脚蹬水,两臂根据需要速度快慢摆动)。还有蛙泳,蝶泳等多种姿势。但万变不离其宗,掌控好胳膊、手臂掌、腿脚全身协调摆动技巧,呼吸、憋气,游泳的基本功就初步学会了。爬泳速度快,蛙泳好看,仰泳最省劲,蝶泳爆发力强。

游泳学会了,花样就多起来。孩子们一起比谁游得快,比谁潜水时间长、潜水深。

粘知了

童年玩趣之十一

知了虽不如知了龟好吃、营养价值高,但玩的是一种胜利者的乐趣。

粘知了,首先是找一根较长的竹竿或高粱杆,再在竿的顶端绑定一根细的竹条(粘面筋用)。面筋难度就大了,先要向老母亲软缠硬磨的要点麦面粉。老母亲虽疼爱儿子,有时也不干脆痛快地给。因为六七十年代麦面粉不很充裕。

麦面粉加适量水,少许盐,合成比包饺子面略软的面团。醒面二十分钟,把面团放在水里捏洗。一边洗捏一边更换清水。一直到把淀粉洗出来,剩下的就是面筋。一碗面粉洗不出多大点面筋。娘在不忙时,也干着手中的针线活,眼瞅着我认真地洗。看着那洗出来的麦面淀粉水,心疼地抱怨:看你祸害了多少白面。赶紧倒到猪食桶里。

面筋洗好立即放在瓶子里或用牛皮纸包住(当时没有塑料袋)。太干太湿都影响面筋黏度。取花生米大小一块面筋,揉捏在小竹竿顶端。

树林里哪里知了叫得响,就扛竿子往哪里跑。循声寻找举杆粘知了的最佳角度。小心翼翼地将竿指向知了的翅子。不能让竿碰到树枝,惊飞知了,也防止让树叶树枝把面筋粘去。面筋快接近知了时,猛地一举推,面筋就粘住知了的翅子了。这时,知了便"知了、知了"拼命地叫,扑拉着身子。不知是歌唱,还是求救的哀号,反正捕获者很高兴。把知了迅速取下。将翅子撕掉,穿成一串。

一小团面筋使用得当可以粘十几个知了。扛着竹竿,竿头上挂了一串"知了、知了"叫个不停的知了,俨然像征战归来的胜利者。

拉大锯
童年玩趣之十二

一般由爷爷、奶奶,爸爸、妈妈等大人,和孩子面对面,双手手拉手(或大人抓住孩子的胳膊,以防意外)。身体根据孩子大小前俯后仰幅度,手臂有节奏地拉来推去。并说些简单易懂的顺口溜。如:"拉大锯,拉大锯,拉过来,拉过去,锯了木头建房子,建好房子宝宝住。"也有像过去农村在罗床上罗面的说辞:"罗也罗,罗也罗。罗出面来蒸饽饽,吃了饽饽快长大。"

这个小游戏适合年龄较小的孩子。在拉动手臂的同时,提高语言能力的开发。

老鹰捉小鸡
童年玩趣之十三

　　老鹰由大些的孩子来扮。其他顽童跟成一行,后面的抓住前面孩子的衣服,领头的是老母鸡也由大些的孩子当。

　　老鹰开始捉小鸡,忽左忽右前冲,找机会捉母鸡后面的小鸡。老母鸡左挡右拦全力阻挡老鹰冲到后面。老母鸡后面的小鸡,随着老母鸡的动向,快速摆动并抓紧前面孩子的衣服。若中间一个孩子跟不上摆动,或松手被甩掉了,老鹰就很容易抓住小鸡。

　　随着孩子的窜动,一阵阵惊叫声,笑声不绝于耳,欢天喜地,其乐无穷。

弹果核
童年玩趣之十四

任何同等大小的果核都可以弹。

把果核装在衣兜里，一有空闲就弹起来。大部分两人弹。双方把手藏在衣兜或身后，悄悄握果核在手，同时伸手展示，握果核多的一方先弹。把两人果核合在一起，撒向地面。端详好先弹哪个，一般是先易后难。再准备弹和被弹的果核，手指只能动这两个。若手指或弹动的果核触动第三个，就输了，停下来让对方弹。准确地用手指弹动一个果核碰到另一果核，两个就收归己有。

弹果核以赢得果核多为目的。其中也有些小窍门：一是巧握，握果核多了不一定能赢，多了虽能占先弹主动，但多了不易撒开，撒不均匀；二是巧撒，撒不均匀积聚一起，就没法弹。太散了，距离远不易弹中；三是先易后难，先近后远，将最有把握的先收入囊中。弹得的果核可以卖给供销社换铅笔和本子，也可以砸出果仁腌咸菜吃。

放风筝
童年玩趣之十五

　　风筝在我国有两千多年的历史。尤其是家乡潍坊，在全国素享风筝之乡美誉。在 20 世纪 30 年代"民国"时期就由政府组织了风筝比赛。新中国成立后，从 1984 年，潍坊市政府在每年四月第三个周六，举办一届潍坊国际风筝会，迄今已 33 届。来自世界三十多个国家和地区的代表参赛。是我国最早被冠名"国际"，并被国际社会公认的大型地方节会。

　　记得童年时放的风筝，都是家长或大些的孩子手工扎制。想起来工序工艺相当复杂巧妙。先把小竹竿削刮得长短相同，粗细匀称，备好细线绳，韧性强的薄纸。做八卦、五星（也叫八角子、五角子）。因为是直线，相对简单。若扎制知了、人物、动物就麻烦了，需用火把竹竿烤弯成需要的弧度。扎制成形再裱糊上薄纸，晾干后用水彩画上好看的相应图案。拴尾巴（以保持风筝的平衡重心）扯上风筝线，这就做成风筝了。

　　在老家潍坊，最好的放风筝季节在清明节前后。风力平稳，室外温度适宜人们活动。

　　找一块较开阔地，河边大沙滩更好。尽量避开高层建筑、电线和大树。跟大人学做、放风筝，他们总是细心地教你怎么备料、结扣、糊裱、上色、拴线。放飞时，让孩子两手持风筝下端，大人一手持风筝线拐子，一手牵线，逆风而行同时放线五米左右，跑上几步并让孩子放飞松开风筝。风筝凭借风力上飞。随着风筝的上升高度，风筝线慢慢放长。到达一定高度(通常说的稳风)的风筝不再摆动,停止放线。风筝上升时摆动过大、不稳,或飞着飞着一头扎下来,多是因风筝底线长短不合适、尾巴过轻所致。风筝平稳下落是风力不够,此时把风筝线拽上几下,拉上线跑几步,都能奏效。

孩子们望着越飞越高越远的风筝,欢呼雀跃。也跃跃欲试地拿风筝线拐子。大人会让他摸摸,但不会全交给他,因为风筝在飞高飞远时,风筝线拉力增大,若一失手,风筝就会拖上风筝线拐子飞得找不到。

望着天上的风筝,曾产生过无数幻想,什么时候也能飞上天,飞得比风筝更高更远。

每年过了放风筝的最好季节,就把风筝收起来挂在墙上,待来年再放。那时候,不是家家户户的孩子都有风筝。孩子们也都知道谁有个好风筝,到时约上一起放。现在做的风筝多数是塑料制品,印刷图案,不易损坏,不怕水,一根线就能拉起来放飞。名目繁多的图案,有飞机、火箭、西游记孙悟空、沙和尚、嫦娥奔月等,只要人们想象到的,都能做风筝飞上天。大的要几个人抬、用车拉,小的一手拿几个,但都很好看,不管怎样变,都是民族文化艺术的瑰宝在传承。

杠 腿

童年玩趣之十六

玩的双方单腿站立,另一条腿蜷起于站立腿的膝盖前。站立的腿一边跳一边用蜷着的腿向对方进行攻击:杠。

任何一方若蜷着的腿落地,或者被杠倒为输。在杠腿中,任何一方都可现行择机攻击,也可避闪,但必须是单腿跳闪。腿杠腿,不能杠臀部或者其他部位。否则,就犯规认输。

占山王
童年玩趣之十七

20世纪五六十年代,大部分农村没有电,更不用说看电视。孩子们放学后趁着天亮做完作业,晚饭后就聚集在一起玩那些徒手游戏,"占山王"游戏就很吸引孩子。

那时家家户户养猪攒粪,门口前都有个大土堆,是垫猪圈用。土堆就成了孩子们窜上滚下的山。

先到的孩子站在土山顶占山为"王"。后来的孩子向土山上爬,占山为"王"的孩子就极力推驱想上山的孩子。山下的孩子一拥而上,将先到的孩子推下土山,第一个冲上土山的孩子接着当"占山王"。

玩上一会儿,孩子们滚得满身是土,但是笑语喊叫不断,直到土山家主人出来赶大家回家睡觉。有月亮时和星期天玩得最多。谁家的土山高大,谁家的门前聚集玩闹的孩子就多。户主很高兴,家门人气足旺是个吉利。

滑冰（打滑）
童年玩趣之十八

滑冰是在冬天结冰的河床、水塘上玩。找一个较长平滑的冰面，经过一段助跑后侧身凭惯性和鞋底快速滑动。上身张开双臂以保持身体平衡，防止摔倒。助跑的速度和冰面的平滑如否决定滑行速度和滑行远近。

也可以半蹲在冰面上，让伙伴拉上滑。还可以把几块小木板并排连起来，坐在上面，一只手执一根木棍（木棍插冰一头有铁钉）双手同时用力，驱动木板带人滑动（就像雪橇和雪爬犁的样子）。

滑冰好玩，但也危险。玩的孩子多了，冰面承受不了压力致冰裂人落水。也有因平衡掌控不好，刚助跑就摔倒，致人躺着滑动的逗笑场面。现在虽然河床水塘少了，但在城市和条件好的村镇修建了水泥旱冰场，滑冰都穿着漂亮的旱冰鞋，但却难以找回童年在冰天雪地的河床水塘、原始的随意滑行的那种滑冰味道。

打 茧

童年玩趣之十九

可自己玩,或两人以上玩比输赢。

选择木质较硬、结实小木棍,削成约长 10cm,粗 3cm 两头尖的木茧。再做一把长 30~40cm,宽 7cm,厚 1~2cm 的木刀。在地上挖一小穴为老窝。在老窝前向开阔的方向划一根发茧线。把茧在发茧线内放好,用木刀砍木茧的一头,当茧子被砍得跳起,随即用木刀击打木茧。尽力打得远(基础线外),方向准。方向偏了,把茧打到草石堆就很难打回老窝。打不到基础线,若一刀砍不到茧,打不到茧就算输了,让对方赛手打。

各人用自己的木刀砍自己的茧。把打出去的茧,先打回老窝就赢了。这个游戏在砍、打茧的活动中,综合开发锻炼了脑、眼、手的协调力和臂力。

打陀螺
童年玩趣之二十

打陀螺是中国传统民俗体育游戏，流传甚广。

陀螺原本木制，上大下尖。为使陀螺转得快、平稳，在尖头楔入一个钢珠。将尖头着地，以鞭绳缠绕陀螺上部，拉动鞭绳，陀螺便转起。继而不断用鞭绳抽打，保证不停转动。在冬天结冰的河塘上，打陀螺的孩子成群，一起比赛谁的陀螺好看，转得稳，时间长。为使陀螺转起来好看，在陀螺顶部用彩笔画几种颜色，转起来色彩斑斓很好看。另有鸣声陀螺、发光陀螺等。鸣声陀螺用竹木制成中空圆筒，于中间贯以旋轴，圆筒体开有狭长裂口，陀螺转动时由于气流作用，发出悦耳哨声。现在商场有塑料发光陀螺，并配有发射枪，转动就看到五颜六色的光感。

打陀螺各地称谓不同，有叫抽陀螺、打陀子等。在我的家乡则有个很特殊不太文雅的叫法："打懒老婆"。意思是陀螺不打不转，"懒老婆"不打不干活。

抠知了龟
童年玩趣之二十一

伏月末,知了龟开始陆续钻出土,爬到树上、草丛,脱壳飞走,开始新生活。小时候觉得抠知了龟特有劲,在玩的同时,收获生活的改善,过了馋瘾。

天一暗下来,就抢先奔向树林子,弯腰低头仔细寻觅那些挖开的小洞,抠出正准备向外爬的知了龟。有些刚挖洞,有些已爬到地面或附近的树干草丛(一般三米左右不会很远)。若发现新的知了龟洞,就在附近更认真地找,长时间找不到就知道被别人捡走了。在阴天下雨前后地面湿润松软,知了龟出得格外多。

发现了小洞,就用手指或木棍、铁铲,小心翼翼地把洞挖抠开。知了龟发现异动就会溜缩回洞深处。这时候用根草梗小树枝折弯,慢慢伸到洞里,知了龟许是自卫反应或急于出洞,就抓住草梗树枝,这样就可顺势拉知了龟出洞。

抠知了龟时,最好提一个放了点盐水的瓶子或塑料袋,抠出捉住一个即放其中。知了龟放在盐水中就不再脱壳了。脱了壳的知了龟不仅吃起来口感不好,关键是营养价值大打折扣。把抠来的知了龟洗净,攒在一个放了盐的盆里,过上几天控干水,下油锅炒炸,是很好的美味佳肴。

摔泥砲

童年玩趣之二十二

小的时候整天在泥里水里玩耍,泥的玩趣那么多,用泥做支手枪,做个口哨,尤其是摔泥砲,玩着很过瘾。摔泥砲顾名思义,就是把泥摔出砰砰砲响。

首先是和好泥,找一些黏度较强的岗子土,用水和成稠泥。把稠泥做成圆扁状,中间留有凹陷。摔时将凹陷向下,用手将泥砲捧起,用力在较平的路面或石台子上摔。随之发出砰的声响。泥小了做小砲,泥大了做大砲。泥砲上方被气体冲破一个洞,溅飞的泥满脸也不怕。

伙伴们比谁的泥饱声响大,声响大的就赢,声响小的赔对方一块泥巴。

跳方

童年玩趣之二十三

在过去,童年的玩具,工厂制造的很少。大部分是顺手拿来的身边物件。几块小石子,几根草棒,几个果核等取之不尽,玩法多多。

跳方就是在地上画出多少不等的长方形格子,每格约70cm×50cm,第一格大些,越远越小,以增加游戏难度和玩趣。

站在第一格线外,将自己手中提前准备好的石片(瓦片、木板均可)发投到第一格,然后,单脚跳进格内,边跳边用跳动的脚驱动石片。逐次驱向第二格、第三格……双梯形格一边跳进,一边跳出。谁先将石片按规则跳脚到最后一格,并伸手取出为赢。

若在发投石片时压线、没发到应发的格内;跳驱的过程中踩线,石片压线或出格都为犯规中止,让对方跳。尤其是最后一格,用劲大了把石片驱出格外,用劲小了,在线外单手取石片就够不到。这个游戏在跳的同时驱动石片,既锻炼身体平衡,还在投放中提高了判断能力。

跳 绳
童年玩趣之二十四

跳绳,是一人或多人在一根摆动的绳子中做各种跳跃动作的游戏。

记得小时候,看到大人在劳作休息时,用捆草、拉车的麻绳跳,孩子们就把地瓜秧编接起来,两个人一人拽一头,一个人在中间跳,比谁跳得次数多。上学后,学校把跳绳作为一项体育运动,跳得多了,绳子也好了。跳得花样不断增加变化,在跳动中旋转身体,单脚跳等。跳得伙伴少了,只有两人,就一头拴在树上,一人摇绳一人跳,上学路上可自己边摇边跳。

实际上,跳绳是流传民间久远、广泛的传统体育。传说"女娲乃引绳泥中,举以为人",唐朝称之为"透索",宋代称之为"跳索",明朝称之为"跳百索",清初称之为"绳飞",清末称之为"跳绳"。现在,跳绳已作为重要体育项目走向世界体坛。中国 15 岁小将岑小林,在 30 秒单脚单摇轮换跳赛中,以 228 次的好成绩夺冠,打破世界吉尼斯纪录,为国家争得了荣誉。

捉迷藏
童年玩趣之二十五

捉迷藏也叫藏猫猫。随着现代科技文化的进步,捉迷藏不仅搬上了银幕,还有专题儿歌。

小时候玩捉迷藏,大部分在农村的草垛、门口、土堆等。先以石头、剪子、布分出的输赢决定谁捉谁藏。首先,确定藏的范围和老窝(大家统一集中的地方)。寻找人的人捂住眼睛,让藏的人藏好。待听不到吵闹了就开始捉。把藏着的人找到了,就让第一个被找到的孩子再找。很长时间找不到一个藏着的人,就认输了高喊:都出来了。在老窝集中,重新再藏。有时候藏累了也有猫在草堆里睡着了,也有恶作剧的孩子,偷偷回家了,自然招惹大家的指责。

在家居室中,大人可以和孩子玩,几个孩子也可自己玩。活动的范围小,被窝、床底、衣柜都成了藏身之所,孩子们都是藏着又叫着、笑着,不用找就知道了在哪里。边玩边是笑语绕梁,欢声溢屋。

踢毽子

童年玩趣之二十六

儿时记得踢毽子主要是女孩子玩。

当时的毽子是用两个古铜钱压住麻线，把麻线梳匀压平。踢时将毽子在地上踩踩，让麻线全展开，飞起来稳而不偏、好看。

可一人踢，也可两人以上轮流比着踢，看谁踢的次数多，花样多。一般都是单脚踢，一边踢一边数踢的次数。踢到二十个时把毽子用力踢高，踢毽子的人迅即跳起，用踢的腿从另一条腿的后面踢毽子，算为一段次。初学者是很难过这一关的。这种游戏能很好地锻炼脑、眼、脚及全身协调，提高腰、腿、脚腕、筋的柔性。

现在毽子能买到工厂货，染成多种颜色的羽毛，男女老少围成一圈踢。有传递式、对向踢，踢得高，踢的姿势以正面踢为主。跳跃起来反踢等踢的花样多，难度大，趣味性更强。

打悠千（荡秋千）

童年玩趣之二十七

家乡称荡秋千为"打悠千"，我没有考证出这多是在春天清明前后活动称之为"秋"，千是什么意思？咱也不去说它，反正是很有趣，很好玩，老祖宗就这么叫下来的，就叫打悠千吧。

清明前后，春暖花开，也是村村、家家（有条件的家庭搭建小悠千供孩子玩）搭悠千，打悠千的时节。把两根高大粗壮结实的木檩条，相隔约两米（视悠千大小间隔）顶部一根横梁连接，在横梁系拴两根粗绳吊悠千板。为了好看、壮观有气氛，在顶端绑上松柏树枝，拴上响铃或彩旗彩带。

打悠千样式很多。有坐的、站的、跪的，还有两人一起打的。什么式样取决于打悠千人的技能、体能和胆量。打悠千主要看谁驱得高，姿势好。若技能、体能差和胆子小，就只能坐在悠千板上让别人推一推。把握不好或乱动还会导致悠千板搛到两旁的立柱。技能体能好，胆量大，往往驱上几次就会驱平梁。向前驱时弯腰弓腿发力，随着不断趋高，观众的呼叫声，掌声一阵接一阵。响铃铛在打悠千人的发力时，很有节奏地发出清脆悦耳的铃声。彩旗彩带随风飘动伴着松香阵阵扑鼻。

为供孩子玩耍,学打悠千,也可在两树之间或门框上拴绳子吊悠千板,由大人慢慢悠荡。最气派的是转悠千。中间矗立一根粗壮的檩木,上部用旧大车木轮作为可转体,周围用绳子拴挂可坐人的物体,下部设人推动的木棍,一般需七八人推动。推动下面,木轮转动带动上面的人转动,推得劲越大,下边转得越快。坐在上面的人顿生飞腾的感觉,就大叫起来,推得人越听到喊叫越用劲推。民俗文化旅游村石家庄的大转悠千,不仅受到外国友人的喜爱,几十里外的城里人、山里人也去排队转上几圈。

丢手绢

童年玩趣之二十八

参加游戏的孩子围坐一圈。目视前方,不能左看右看,更不能回头。先由一个孩子拿手绢(也可以沙包或其他小玩具),在圈外绕孩子背后跑。

在跑的过程中,将手绢悄悄放在任何一个孩子背后,继续前跑。当又跑回到放下手绢的孩子背后时,就抓住此孩子,让被抓住的孩子接着丢手绢。原来丢手绢的孩子坐在新丢手绢的孩子位置。

若丢下的手绢被立即发现,手绢前面的孩子就跃起追赶丢手绢的孩子。抓住了丢手绢的孩子就让其接着再丢。

摸瞎糊（摸打糊）
童年玩趣之二十九

用手绢或围巾把一个孩子的眼睛捂起来，然后，抱起这个孩子转三圈，放立原处。其他孩子悄悄跑到被捂眼的孩子跟前，背后轻轻触摸拍打一下，迅速离开，以防被抓住。被捂眼的孩子凭听觉、感觉抓住上前触摸拍打他的孩子，并能叫出名字，被抓住的孩子就被捂住眼睛接上摸。

玩的孩子很容易暴露自己，即使轻轻向前走，也会偷偷笑出声音。摸瞎糊的孩子就会循声下手，将其轻松抓获。孩子被抓住后，又大声惊叫，给摸瞎糊的孩子提供了准确信息，很容易就叫出被抓孩子的名字。

捡知了龟皮(蝉蜕)
童年玩趣之三十

知了龟皮书名蝉蜕。因其性寒味甘,可散风宣肺,解热定惊等功能而入中药。在60年代农村代销门市收购,十个一分钱,三十个就可换一支值三分钱的铅笔。

知了龟皮主要是在早上捡。那些晚上没有被抠出捡走的知了龟蜕壳后,天不亮就飞走,把皮留给孩子们。在孩子眼里,知了龟皮比知了龟还重要,它可以兑换现钱。攒上一星期或十天,卖上一次,在那时候的小学生是不小的收获。一学期的学费才几角钱。

每天天麻麻亮,就提个小篮子,扛根高粱秆(高粱秆准备够那些高处的)寻觅在树林、篱笆墙边。

若出去晚了,捡知了龟皮的孩子多了,自然就捡得少了。知了龟皮被太阳一晒容易碎,碎了就不值钱了。

伙伴们尽管争着捡,但在回家路上总喜欢比一比谁捡得多。

那一年娘的胃病犯了,不想吃饭。我把攒了十天的知了龟皮全卖了,用三角钱给娘买了盒藕粉。看到娘的高兴样子,我第一次感到不可名状的骄傲自豪,能用自己劳动换来的钱给娘买东西了。

石头剪刀布

童年玩趣之三十一

　　石头、剪刀、布是用一只手的手指做出式样的游戏。五指握拳为石头,伸出分开的食指、中指为剪刀,布是五指伸展成掌。这个游戏不用任何器具,且简单易学,二三岁幼儿就能玩得很熟练。大人和孩子,孩子和孩子都可玩。还能用这个游戏的输赢确定其他游戏或活动的开局先后。

　　在玩这个游戏时,两人各出一只手,按以上规定表示石头剪刀布。石头对剪刀,因石头能砸坏剪刀,石头为赢;剪刀对布,因为剪刀能剪布,剪刀为赢;布对石头,因布能包住石头,石头为赢。若出现相同手指形式为平局。

　　现在,这种简单易学易懂的游戏,衍生出很多有趣玩法,赢方给输方脸上贴纸条、画胡子。幼儿园的老师把石头剪刀布编成儿歌,启发孩子们寓学于玩的积极性。

弹 弓
童年玩趣之三十二

弹弓由弹弓叉、皮筋、皮兜组成。弹弓叉一般用木质较好、叉杆匀称的树枝;皮筋用车内胎;皮兜用耐磨的皮革。各部粗细长短因好而制。

将两根长短、粗细、弹力相同的皮筋一端分别拴在皮兜两头,另一端拴在弹弓叉上。一手握制成的弹弓把,一手把较圆的沙石或泥蛋包在皮兜里,根据目标远近,拉皮筋至适度,同时从弹弓叉中间瞄准,松开便利用皮筋弹力,弹出沙石或泥蛋击向目标。

小时候做把像样的弹弓也不容易,弹弓叉可头找树枝或旧铁丝制,皮筋和皮兜只能找补车胎修鞋的人买了。

有了弹弓,玩趣多了,但多是打小鸟。虽然打下小的随手扔掉,却有时为追打小鸟跑好几里路。在忆念玩弹弓乐趣的同时,也为少时无知而忏悔。小鸟啄食害虫,有益于人类,自己为玩耍伤害它实在不该。

弹弓是很好的玩具和武器,历史上也多有传载。现在玩可在空旷野外设靶玩耍也很有乐趣。

滚铁环

童年玩趣之三十三

滚铁环要先做好铁环和推环杆。铁环用较粗的铁丝弯成 50~60 厘米的圆圈,焊接而成。推环杆用细木棍,在前端嵌个"U"型铁钩,或直接用粗铁丝制作。在 20 世纪六七十年代较为理想的铁丝也难找,就用废旧水桶的铁箍。根据铁环的大小决定推环杆的长短。

铁环和推环杆做好了,一手扶铁环垂直立放,一手持推环杆的"U"型铁钩在铁环外下方,向前推动铁环的同时,推环杆用力使铁环徐徐转动。

为提高滚铁环乐趣,还可在做铁环时于大铁环上套几个小铁环,铁环滚动时发出沙沙声音。初玩者只能滚直路,技巧熟练了就能滚出花样来。

第五编
歌韵绵绵

诗是什么？有人说她像火，能点亮生命之光，砥砺前行；有人说她柔情似水，向世间倾注暖怀衷肠。我说诗是雅俗共赏的画，是惟妙惟肖的景，是感情海洋迸发的潮汐。读诗可感悟春夏秋冬大自然的美仑，可领略山河海疆的壮观，诗能激发人的傲然豪气，诗是生命中永不停息的进行曲。

——题记

东海阅兵

(二〇一九年四月)

喜闻庆祝中国人民解放军海军成立七十周年，多国海军于 2019 年 4 月 22 日至 25 日在青岛附近海域举行的海上阅兵，心中激动万分，即兴吟诗：

东海扬波万千重，
风口浪尖展雄兵，
壮我国威鼓角亮，
龙王闻得急相迎。

中华崛起方正兴，
鬼魅伎俩徒劳功，
倚天屠龙挥利刃，
锦绣山河统一成。

奋发争朝夕

(二〇二〇年五月四日)

不觉春已去,
转瞬夏伊始;
荷塘色更美,
燕雀衔泥枝。

冠毒渐匿迹,
击掌庆欢喜;
劫后倍努力,
奋发争朝夕。

五四感怀

(二〇二〇年五月四日)

五四永铭记,
勇擎自由旗;
除魑魅魍魉,
众前赴后继。

尔吾近古稀,
不忘初心时;
为国复兴梦,
竭尽犬马力。

元旦感怀

（二〇二一年元月一日）

元月一日二九天
腊冬未至近小寒
新冠病疫犹徘徊
万众莫松心中弦
华夏良策民获益
西方异族乱空前
喜迎新年人增寿
寒冬过后是春天

滇缅边陲游掠影

（二〇二〇年夏）

宝殿金瓦郁葱藏，
晨钟薄雾悠悠荡，
信众轻语显虔诚，
人间仙境细思量。

青山绿水气凉爽，
孔雀展屏竞梳妆，
玩猴戏跃枝头间，
群象趣闹水溪旁。

雨林轻声抚夕阳，
炊烟袅袅茅屋上，
吟诵丝竹绕耳畔，
伴着百鸟放情唱。

掬撷泉水花叶尝，
未曾沾唇心舒畅，

竹筒饭就水果宴,
桂花椰林飘芬芳。

忽闻暮鼓山间响,
游人依恋回首望,
人文和谐天地美,
幸福快乐如日长。

重阳抒怀

重阳崂山观海景，
春潮秋波各不同，
古喻花甲为老迈，
今道金秋硕果丰。

屡获专利车安宁，
资深教授赵学勇，
新润家风誉乡里，
淑兰乒坛逞英雄。

诗文佳作抒真情，
四海频传凯歌声，
天高地阔齐努力，
两年同窗念一生。

[注]：车安宁、赵学勇、杨新润、佘淑兰均为兰州大学同学。

江城子·逛新城

（二〇〇九年七月）

　　安丘城里好风光,高楼房,路宽畅;汶水荡波,音乐喷泉唱。青云山上迎宾客,江南情,跑马场。

　　农业园区去观光,俏模样,果溢香;夜幕垂时,灯火阑珊亮。美丽画卷万众绘,细安排,巧梳妆。

莲

（二〇二〇年七月六日）

白如玉臂孕泥中，
馨香容俏赛芙蓉；
绿盘献珠万千颗，
昂首挺立擎莲蓬。

素享古今高雅名，
寄托世间坚贞情；
春生夏长添新色，
秋收冬品仙境羹。

蝉

(二〇二〇年八月二十二日)

蛰伏大地练修行
酷暑严寒真从容
雨露滋润良机至
身披金甲凯歌鸣

天净沙·垂钓

（二〇一九年夏）

夏日炎炎,吟诗一首,为君纳凉取乐。

    树荫端坐放眼,
    水稳风静湖面,
    金钩银线牵杆,
    挂饵抛远,
    钓得笑语串串。

问月亮

(二〇一九年)

同为天空一轮月,
中秋节却多传说,
阴晴圆缺寻常事,
悲欢离合似银河。

文人墨客情愁多,
思念眷恋皆成歌,
劝月永照世界村,
富裕和谐众生乐。

劝老友

老友 Y 总在微信群里叹息：老了，啥都无心思干了。随即发我感慨，表明己见，以诚劝之。

莫道古稀夕阳晚，
休言老朽风烛年，
若能留得童心在，
人生永远是春天。

谒拜塔尔寺

(二〇一九年六月五日)

塔尔寺院学问多,
膜拜信众接踵过,
佛祖修行度重生,
祥光普照好山河。

时逢盛世天地阔,
百废俱兴人愉悦,
手转经纶虔诚心,
善言善行积善德。

[注]:塔尔寺院又名塔尔寺,处青海西宁市湟中区。创建于明洪武十一年(1378年)内设佛学院,香火盛旺。

牛 年 吟

（二〇二一年二月十二日）

子鼠携新冠消遁，
丑牛呈吉祥临门，
冬寒冰雪渐远去，
春风送暖万象新。
牛年牛劲牛精神，
奉献开拓为人民，
国富民强复兴梦，
华夏强盛慰英魂。

己亥元宵感怀

（二〇一九年二月十九日）

2019年元宵节,恰逢雨水节令,天上雨雪交加,偶或从云隙走出圆月,别有一番千载难逢景观。

十五月圆元宵甜,
千家万户乐团圆,
举杯畅怀讴盛世,
灯火迎雪兆丰年。

七律·惊蛰

（二〇一九年惊蛰）

又是惊蛰二月天，
百虫醒来调琴弦；
燕雀衔技筑新巢，
微风送鸢飞满天。

花红柳绿尽情看，
鸟语花香笑语伴；
乍闻春雷天际起，
细雨润物洒人间。

七律·醉春

（二〇二〇年三月十九日）

东风吹来诵春词，
草长莺飞伴赋诗。
细雨浇出千野绿，
轻风送上万花枝。

彩蝶娇娇舞姿迷，
金蜂匆匆采甜蜜。
赏景衣香人欲醉，
岁月岂敢笑君痴。

七古·春日抒怀

（二〇一八年三月二十八日）

春来春去年复年，
时光流逝瞬息间；
恰逢三月风光好，
万紫千红真好看。

草木有情解人意，
精耕细作得丰年；
吾辈共勉齐奋力，
放眼一片艳阳天。

闲居感叹

（二〇一八年六月）

笑品时光趣品茶，
闲庭信步咏风华，
春夏秋冬悠然过，
童心不老赏晚霞。

七古·夏日春城

（二〇二〇年七月十二日）

春城夏日难得晴，
日头光照细雨蒙；
时紧时缓歇时少，
耳畔总闻滴水声。

路东倾洒路东停，
风吹雨洗万物净，
夜半棕榈笑语甜，
朝起同赏七彩虹。

鹊桥仙·七夕

（二〇一九年八月七日）

天上人间，真情万千，牛郎织女鹊桥见。玉兔执杵在何年？渗透那思语缠绵。

桂花酒香，嫦娥展袖，微信传满人间。我爱人见人爱吾，情真意切溢广寒。

江城子·云南行

赴滇恰逢盛夏中,雨蒙蒙,草木青。七彩云飞,伴万紫千红。风清气爽意从容,举目望,享美景。

辞版纳赏泸沽清,上关花,石林情,玉龙迎宾,香格里拉行。洱海映月祭天龙,苍山雪,下关风。

[注]:①七彩祥云为云南美称。

②版纳(西双版纳);泸沽湖,上关花,石林,玉龙(丽江玉龙雪山);香格里拉,洱海,天龙(天龙洞);苍山,下关风都是云南著名景点景区。

七律·甘南行

（二〇一八年八月一日）

　　肃南草原一望收，
　　战友曾为血汗流；
　　弹指四十余载过，
　　跨马挥戈朝天吼。

　　何惧花甲霜满头，
　　仍盼建业壮志酬；
　　忠肝义胆报国志，
　　刻骨铭心记心头。

西宁行

（二〇一九年六月一日）

心急如焚奔西宁，
只因同学情谊重，
塞外海南挥手至，
亦怨舟车慢腾腾。

兴高采烈聚西宁，
如同回到校园中，
戏闹言谈似忘年，
举手投足也轻松。

难舍难分别西宁，
未语哽咽泪眼朦，
可问青山何再聚？
岁月留香伴长风。

游贵德黄河

（二〇一九年六月五日）

古来都说黄河黄，
今看贵德不一样，
黄河水清扬碧波，
斜阳丽倩万千行。

岸边人家耕耘忙，
壮男俏女花儿唱，[注]
掬水拂面轻沾唇，
胜过甘露润衷肠。

[注]：花儿是陕西、青海、甘肃、宁夏民歌。

兰州今夕感

（二〇二〇年十月六日）

七五年时住金城，
草绿戎装尔新兵；
同窗学子逾百位，
多是来自农商工。
古城虽好雾霾重，
十天八日灰蒙蒙；
路边难寻花和草，
车过一路尘埃腾。
大街小巷旧工棚，
楼高不及大烟囱；
冬春时节最难过，
口罩全用加厚层。
四十年后来金城，
兵娃已变白发翁；
同学分离难相聚，
微信视频传友情。
今日兰州如其名，
兰花绿草山变青；

街道整洁出行易，
水车频洒不泥泞。
白塔五泉相互应，
笙歌鸟语拥怀中；
黄河水衬两岸翠，
滨河大道来兜风。
我等莫忘兰州情，
宜居美哉在金城！

庚子年春随笔

（二〇二〇年一月二十九日）

忽闻鄂地传疫情，
路静人稀行色匆，
眼镜口罩遮容面，
鼠年学鼠窝家中。

独酌自饮盯视屏，
儿歌小曲尽放声，
泼墨挥毫获益大，
往日怎得今从容？

亲朋问询不曾停，
冠魔凶险人有情，
山高路远隔不断，
诚挚祝福估康宁。

清平乐·战冠妖

(二〇二〇年春)

庚子春节,新冠病毒獗。巷空路静人相隔,宅家谈疫惧色。

北京令若春风,华夏举国齐动。火神雷神南山[①],尽显降妖神通。

[注]:武汉火神山,雷神山,中国工程院院士钟南山。

惊雷催雨润万生

——庚子嘉月思游

时逢嘉月花正秀,
宅居何时能出头;
和风叩窗柔情问,
相约携手游扬州。

新冠病疫肆全球,
欲往桃园径难走;
惊雷催雨润万生,
共赋同歌黄鹤楼。

江城子·八一感怀

（二〇一九年八月一日）

时值八一建军节喜庆，战友相聚至欢至狂。不顾山珍海味佳酿，只闻笑语阔论满堂。填一词助兴。

八一聊发戍马狂，挎钢枪，军号亮。铁骑伴我，守卫在边疆。精武艺高献身志，旌旗烈，凯歌壮。

敌首闻声丧胆亡，军刀挥，映朝阳。战友相见，已两鬓挂霜。报国雄心永不老，帅令至，再披装。

庚子年国庆中秋感怀

（二〇二〇年十月）

双节在今日，
华夏共此时；
举杯邀明月，
环球展旌旗。

驱除新冠疫，
挥斥鬼魅魑；
人类共同体，
喜迎福安至。

归来吧，浪迹的游子

（二〇二〇年五月二十九日）

一场新冠病疫

搅得世界一片乱局

在国家民族危难之际

在生灵涂炭存亡之时

难道你还没有醒悟

没有唤醒良知

儿行千里母担忧

祖国在牵挂浪迹天涯的游子

曾几何时

你嫌家贫国弱

怨恨钱少

生活水平低

挖空心思去异国他乡

为发展事业

为享受生活

还是为虚荣的面子

寄人篱下
仰人鼻息
生活的艰辛
遇难的无助
做人的尊严和权利
蒙受的白眼耻辱
知道的是你自己

我们不去
不是没那个能力
是热爱自己的国家
在母亲的怀抱里
生活的有胆气骨气
无比幸福安逸

归来吧
浪迹天涯的游子
你在那里
仅算暂且客居
主人高兴
给你个笑脸欢语
赏你碗残汤剩饭吃

人若不悦
就视你如敌

世界上没有永远的朋友
只有永远的利益
倘若留你
是你血汗未尽
还有用处
为他出力

现在撵你
是你一钱不值
已是累赘包袱
他们叫嚣的自由权利
是骗人的把戏

观五洲凉热
游子末路难料知
令人唏嘘叹息

归来吧
浪迹的游子

回到祖国怀抱里
发挥你的聪明才智
也不要欺满自己
出过国并不高贵
没啥了不起
做个诚实善良的人
才是人生正道轨迹
温馨唯有自己的家
至亲还是同胞兄弟

七律·同窗风采

（二〇一九年三月二十六日）

春风春雨催春浓，
春阳春歌暖心中；
款款诗文溢芬芳，
曲曲新词传真情。

往昔同窗共读声，
酷似勤劳小蜜蜂；
春华秋实恬正好，
硕果累累五谷丰。

盼相聚

（二〇一九年三月二十九日）

同窗微群戏闹欢，
渴望青海西宁见；
长安惜别没两载，
叹呼如隔几十年。

屈指可数六月天，
总怨时光太迟缓；
青海湖水酿美酒，
恨未喝干又离散。

读徐贵生同学《自勉》感言

（二〇二〇年十月十六日）

志远年长心不老，
古稀之年正学巧。
吾辈喜逢国盛世，
焕发青春胆气豪。

与时俱进才艺高，
敢赴太空观景好。
吴刚频斟咱不醉，
嫦娥起舞伴良宵。

[注]：徐贵生为兰州大学同学。

读徐贵生同学《早立秋》感言

(二〇二〇年十月十六日)

秋来徐兄诵秋诗,
放眼秋情聆新意,
秋风秋雨气高远,
秋花秋果香飘溢。

岁近秋日不悲秋,
亦采秋菊恋东篱,
挥毫从容心不老,
放歌人生向天际。

秋日荷塘
——读徐贵生同学《采莲藕》随感
（二〇一八年秋）

秋风轻抚水清凉，
绿盖垂肩蠹银枪，
戎装披挂枕戈待，
春来荷塘再飞香。

附:徐贵生同学《采莲藕》

采莲藕

一塘残荷烟雨中,
半尺败梗志趣浓,
踏尽浊水探宝来,
除却污泥白玉童。

观刘化敏同学养花有感

(二〇二〇年八月二十六日)

宁夏同学刘化敏楼台养花独居匠心,一年四季姹紫嫣红,常开不衰,经常在群里晒出来,让同学共享。感受颇深。

一花趣育百朵开,
巧手匠心释暖怀,
塞外秋凉室且暖,
群芳争艳香满台。

[注]:刘化敏为兰州大学同学。

和秦金安《雪花》

(二〇一九年十二月二十六日)

2019年冬,同学秦金安一首《雪花》诗引发同学共鸣,大家虽处在祖国大江南北,不同的地理位置抒发对《雪花》的大同小异情怀。

漫天起舞好潇洒,
晶莹剔透洁无瑕;
万木千花叹寂寞,
吾唤春风育荣华。

[注]：秦金安同学《雪花》和徐贵生、陈基堂同学的和、现附录。

秦金安《雪花》：也叫花儿不是花，严冬吹落漫天涯，无声喜向枝头绽，压却尘埃待绿发。——于西宁

徐贵生和秦金安《雪花》：雪花开出万兆花，随风飘落走天涯，轻松喜盖大地被，待化甘霖邀春发。——于海南

陈基堂和秦金安《雪花》：南国无雪尽鲜花，姹紫嫣红漫天涯，劝祈南北同凉热，北方雪花邀春发。——于兰州

读杨德山同学《岁末自嘲》感言

（二〇一九年一月六日）

喜启台历掀新页，
壮志豪情劲不歇，
老牛虽知夕阳晚，
昂首奋蹄颂高歌。

人生耕耘有波折，
风雨兼程苦中乐，
朝阳暮霞伴佳曲，
辛劳智慧花万朵。

[注]:杨德山为兰州大学同学。

答战友丁洪金

2019年8月11日,赴夏河谒拜拉卜楞寺院后游甘南美仁大草原,战友丁洪金致电问候应答。

诚心敬佛静若水,
祥云经幡意相随;
善行善果美仁路,
众生和谐彩云飞。

读战友夫妇自驾游感怀

　　战友张文生携夫人王晓萍虽近古稀,仍雄心勃发,兴趣爱好涉及摄影、文化艺术、旅游探奇、猎险等多方面。2019年夏,夫妻结伴自驾游新疆月余,在锻炼身体、陶冶情操的同时,尽情领略观赏祖国大好河山。他们风餐露宿,从新疆南到北疆,随时将沿途美景、所见所闻和风土人情发到微信群,供大家共享,令人钦佩,由此感怀。

　　　　百年胡杨阅沧桑,
　　　　千载楼兰披俏妆;
　　　　塔里木河奏新韵,
　　　　博斯腾湖映天光。

　　　　火焰山下忆唐史,
　　　　丝绸路上颂今邦;
　　　　漫漫旅途风雨过,
　　　　壮丽天山世无双。

知己心随方真情

(二〇二〇年夏)

晌午"有朋自远方来,不亦乐乎"。急备家宴侍候。

采摘篱边菜嫩青,
厨间锅碗瓢盆声。
泉水清洗冷浸脆,
铁锅热油煎炒烹。

红绿黄白色香美,
举箸捧杯敬亲朋。
相交何须豪门宴,
知己心随方真情。

第六编
艺海深深

艺海无涯苦作舟,奋力挥桨浪伴歌。艺术不只是单纯的生活爱好,而是一种执着的追求,一种精神的享受。在追求和享受的道路上,磨炼意志,陶冶情操。

——题记

书法作品

缘（篆书）

春华秋实（楷书）

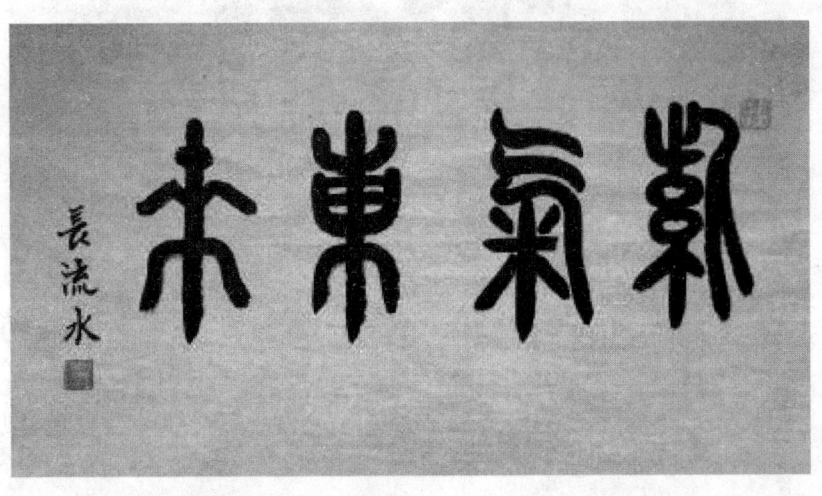

紫气东来（篆书）

百福图（篆书）

篆刻作品

好日子

少年壮志

唯我知足

长乐寿

人品

普天同庆

山水明秀

冷眼

印台月色

归来兮

年年高

一元复始

常在河边走　就是不湿鞋

以史为鉴

养心

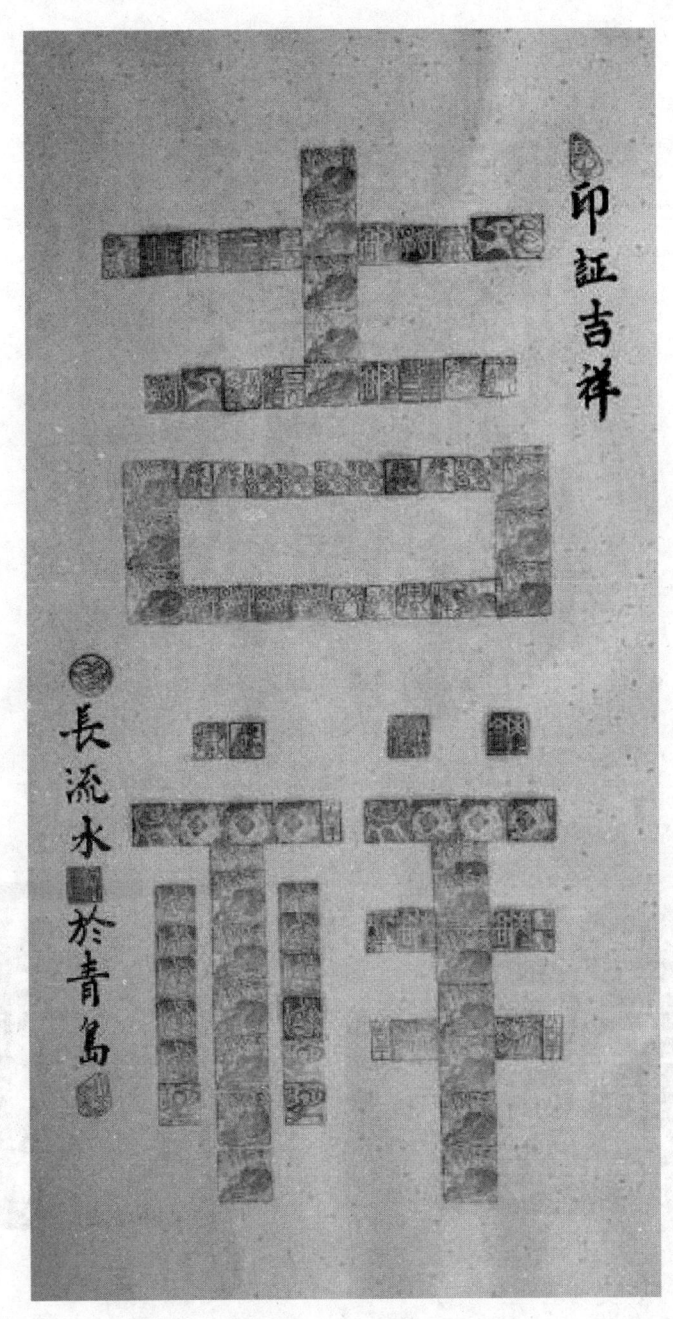

吉祥

生肖鼠　　　　　　　　生肖牛

生肖虎　　　　　　　　生肖兔

生肖龙　　　　　　　生肖蛇

生肖马　　　　　　　生肖羊

生肖猴　　　　　　　　生肖鸡

生肖猪　　　　　　　　生肖狗

篆刻艺术中的十二生肖

篆刻艺术是我国文化宝库中的一颗璀璨明珠,它源远流长,光照人间。由篆刻艺术可窥视中华民族汉文字的形成、发展和变化的轨迹。从战国古玺、秦印,两汉魏晋的"烂铜印""泥封",到南北朝和隋唐宋元之后铜章时代的衰落,继而进入明清石章时代。漫长的变革,肖形印无时不占有极其重要的历史地位。随着社会发展,人们对艺术的追求,十二生肖印就愈加受到喜爱和推崇。吉祥语和肖形结合,将自己的属相生肖与名字同刻,把美好的意愿、期盼凝聚于方寸之间。

我们在日常生活中所说的十二生肖,是指鼠、牛、虎、兔、龙、蛇、马、羊、猴、鸡、狗、猪。在中华民族古老的传统文化里,它们无一不是吉祥之物、幸运之兆,人生有年,年有所属。十二生肖成为幸福、美满、吉祥、富有、和顺、平安之象征,无论男女老幼、穷富贵贱均在此间。古人又以十二生肖配地支为:子鼠、丑牛、寅虎、卯兔、辰龙、巳蛇、午马、未羊、申猴、酉鸡、戌狗、亥猪。远在汉代就有史载,几千年来,被人们信奉、欣赏、使用。

笔者自从学习篆刻艺术以来,对十二生肖印就情有独钟。每逢有求印者或年初岁末,刻上一枚送给人们,表达了对他们的祝福对美好生活的向往、追求。创作中,力求用篆刻这种独特、传统的艺术形式,体现出:与人比邻而居鼠的灵巧、敏感;体大力强牛的忠厚老实,吃苦耐劳;仪表非凡,素称"百兽之王"虎的雄伟、勇猛;美丽可爱、活泼温顺兔的典雅清纯;张牙舞爪、名有实无,仅是人们心中偶像龙的强大和高贵;常被人们看着既可怕又可诅咒的蛇,神秘、冷静;人类生活的好朋友马,奔放、英俊;世界产奶、产毛冠军羊,恬静、休闲;人类"近亲"的猴,天性机警、幽默逗人;"活的报晓钟"鸡的勤奋、灵锐;最早被人类驯化了的狗,聪颖忠诚;猪,大耳朵、短鼻子、吃得多、饿了叫、饱了就睡,温柔、逍遥自在。十二种吉祥物,性格各异,情趣却相同。

艺术手法上,为体现十二生肖各自特点,采用了多种制印技巧。如寅虎、辰龙用切刀、阳刻突出其威猛,古朴气势。突出卯兔、子鼠等机警小巧则用流畅的推刀。以切、推和铁线技法合用体现丑牛、巳蛇神秘、厚重,都收到了良好效果。

在这国泰民安,为实现中国梦共同奋进的日子里,将创作中积累起来的十二生肖印奉献大家,让我们伴着深情的美好祝愿,走向更加辉煌灿烂的明天。

后 记

《岁月和鸣》作品集，在众多同人文友的热切期盼中幸福而大胆地面世了——这是我们携手落墨的成果，也是我俩奉献给诸位战友、同学和亲朋好友的一份薄礼！

多年来，我俩喜欢用文字记录身边发生的故事，用身边的一桩事情讲述一个道理。友人有赞语："这样的文字接地气，乡土味浓，读着实在亲切。"我们为朋友的赞誉而骄傲，也因友人的赞语而备受鼓舞和鞭策。

《岁月和鸣》近20万字，汇集了100余篇诗文，除书法、篆刻和摄影作品外，均以"第一人称"书写——也是受古代著名书画家赵孟頫的夫人管建升《我浓词》意"我中有你，你中有我"的影响。动笔写作时，我俩不论谁执笔行文，都习惯于一起审题、立意、构思，以便凝聚思想观念、体裁形式、言辞表述的共同点。无论几十字的诗歌，数百字的散文、随笔或小小说，如同一个个"豆腐块"，却总想把文章的初衷告诉读者；虽然文笔平平，几万字的文章也不多，却总想篇幅短小、言简意赅，才适合当下受众喜欢的高效率和快节奏。

如今，将散发着乡土味的"豆腐块"摆上大雅之堂，用这册接地气的文集馈赠读者，也是浏览我们的过往：《解放鞋》《丰收烟》揭示社会的沧桑巨变，《我的家 你的家》《母亲的节日》展示家的温馨、父母的厚爱，《军旅匆匆情亦浓》感叹国泰民安的来之不易，童趣游戏的老味道则想追索那些远去的记忆；书法、篆刻和摄影作品，不论短长、不管大小,都饱含着我们的深情。无论文字与图片,那些刻骨铭心的乡情、亲情、友情和爱情,比山高,似水长,一律驻扎在我们的心底,永远不会弥散!

　　初心是人生最原始、最纯净的本真。忘不了,在上学还识字不多时,就边查字典边读《西游记》《水浒》《安徒生童话》等,钦佩大师们讲那么多好故事,便下决心努力读书,一旦有了文化知识,也能把身边的人和事写成书,奉献给社会。真可谓:情之笃笃,言之凿凿!然而,一旦前行,不是最初想得那么简单。而今一回眸,虽然没有中途易辙,却是成效甚微。幸亏不忘初心,多年来笔耕不辍。幸亏有诸位战友、同学、亲朋好友的关爱和支持:文集编印过程中,众多同人文友热情诚恳地提出修改意见和建议,远在宁夏的老同学杨新润百忙之中欣然作序,张漱耳先生精心设计封面、策划编辑,朱志安、张悦胜先生挥毫泼墨题写书名,辛如杰等新老朋友倾心指导出版印刷事务,使我们十分感动。值此,一并遥致衷心谢意!

吴树福　李冬云
2020.12.22 于青岛伟东幸福之城